KB020095

로크미디어가
유혹하는
재미있는 세상

ROK
MEDIA
로크미디어

개혁군주

# 개혁 군주 5

2022년 4월 15일 초판 1쇄 인쇄
2022년 4월 20일 초판 1쇄 발행

**지은이** 이윤규
**발행인** 김정수 강준규

**기획** 이기헌 왕소현 박경무 강민구
**책임편집** 최전경
**마케팅지원** 이원선

**발행처** (주)로크미디어
**출판등록** 2003년 3월 24일
**주소** 서울시 마포구 성암로 330 DMC첨단산업센터 318호
**Tel** (02)3273-5135 **편집** 070-7863-8592 **Fax** (02)3273-5134
**홈페이지** rokmedia.com **E-mail** rokmedia@empas.com

ⓒ 이윤규, 2022

값 8,000원

ISBN 979-11-354-7372-2 (5권)
ISBN 979-11-354-7367-8 04810 (세트)

개벽군주

이윤규 대체역사 소설 ⑤

| 외연 확장 |

# 차례

그날 밤에 일어난 일

　세자의 안색이 하얗게 변했다.

　"지, 지금 뭐라고 말한 거야? 아바마마께서 쓰러지시다니?"

　"예. 편전에서 정무를 보시다 갑자기 혼절하셨다고 하옵니다."

　세자는 순간 휘청했다.

　"세자 저하!"

　그 모습을 본 김 내관이 놀라 소리쳤다. 세자는 다행히 탁자를 짚으며 넘어지지 않았다.

　잠시 마음을 진정한 세자가 나섰다.

　"가자!"

동궁을 나온 세자는 서둘렀다.

그러면서 내심 수없이 자책했다.

'내 실수야. 이런 일이 일어나지 않도록 지금까지 얼마나 많이 노력해 왔는데 쓰러지시다니. 그동안의 노력이 허사가 되었어.'

세자는 전생 시절 국왕을 가장 존경했었다. 그래서 어떻게 사망했는지 잘 알고 있었다.

'본래는 종기가 화근이 되어 돌아가셨었다. 그래서 매일 목욕하시게 하고 체중까지 챙겨 왔다. 골초인 담배도 지속적인 권유로 현저하게 줄였다. 매일 만 보를 걷는 일도 생활화가 되었어. 그런 노력 덕분에 건강이 눈에 띄게 좋아지셨는데 갑자기 쓰러지시다니. 아바마마를 장수하게 만들려는 노력이 결국 허사였단 말인가?'

이런 생각을 하던 세자가 소리쳤다.

"맞아! 종기(腫氣)는 아니었어?"

김 내관이 어리둥절했다.

"예? 종기라니요?"

"김 내관, 아바마마께서 종기로 쓰러진 것은 아니지?"

"아니옵니다. 정무를 보시다 갑자기 혼절하셨다고 했사옵니다. 그리고 주상 전하의 몸 상태는 누구보다 저하께서 더 잘 아시지 않사옵니까?"

김 내관의 말대로 세자는 국왕의 건강을 철저하게 관리해 왔다. 그래서 가끔 종기가 생기면 버드나무껍질을 정제해 만든 신약인 신기정(神奇錠)을 복용시켜 염증을 제거해 왔다.

신기정은 이전 시대 '아스피린'으로 염증과 해열, 소염 진통에 탁월한 약효가 있었다. 세자는 정약용을 약학청장에 임명하면서 천연두 종두와 이 약 개발에 전력하게 했다.

버드나무껍질에서 유효 성분을 추출하는 건 어렵지 않았다. 그런데 추출한 성분을 그대로 복용하면 장출혈을 일으키는 등의 부작용이 컸다.

그래서 이를 제대로 정제하는 데 무려 2년이 넘는 시간이 걸렸다. 그것도 세자가 이전 지식을 총동원해서 얻은 결과였다.

그렇게 만들어진 신기정은 조선 의학의 새로운 역사를 썼다.

조선의 약재 중에서 해열 진통과 염증에 특효약은 없다. 있다고 해야 여러 약재를 혼합해 만든 탕약이 고작이었다. 그러나 이런 탕약은 신기정과 달리 곧바로 효과를 얻지는 못했다.

세자는 천연두 예방접종을 하며 위생교육도 지속적으로 실시했다. 다행히 상당히 개선되었으나 제대로 정착하기에는 아직 요원했다.

그래서 백성들은 늘 크고 작은 질병을 달고 살아야 했다. 이런 백성들에게 신기정은 만병통치약이나 다름없었다.

여기에 해초를 가공해 만든 외상약도 탁월한 성능을 발휘했다. 이 두 약이 보급되면서 백성들의 억울한 죽음을 크게 줄여 주었다.

　신약들은 특히 수출에도 톡톡한 효자 노릇을 하고 있었다. 유럽 대륙은 전쟁 중이었다. 그 바람에 두 약의 수요가 폭발하면서 막대한 수익을 벌어들이고 있었다.

　세자가 자신했다.

　"맞아. 종기만큼은 철저하게 관리해 왔어."

　"예. 그리고 종기가 났다고 해도 바로 정신을 잃지는 않사옵니다."

　"그건 그래."

　이런 말을 하면서도 세자의 발걸음은 더 빨라졌다. 그러던 세자가 편전에 도착했다.

　상선이 밖에서 기다리다 몸을 숙였다.

　"어서 오십시오, 저하."

　"상선이 왜 밖에 있는 거예요? 아바마마는 어떻게 하고요?"

　"안에 약원의 대신들과 내의원의 의관이 들어 있사옵니다."

　세자가 두말하지 않았다.

　"어서 나와 함께 들어가요. 누가 뭐라 해도 지금은 상선이 아바마마 옆에 있어야 해요."

　말 한마디로 천 냥 빚을 갚는다고 했다.

　세자의 말에 주변에 있는 내관들의 눈빛이 달라졌다. 상선의 눈에도 눈물이 돌았다.

　"저하!"

개혁군주

"어서 같이 들어가요."

"예, 알겠사옵니다."

상선이 몸을 숙이자 내관들이 바로 문을 열었다.

"저하께서 드셨사옵니다."

내관이 말이 끝나기도 전에 세자가 편전으로 들어갔다.

그런 편전의 끝에 국왕이 누워 있었다.

"아바마마!"

세자는 중신들이 채 일어나기도 전에 다급해 앞으로 나갔다. 세자는 정신을 잃고 누워 있는 국왕의 이곳저곳을 다급히 살폈다.

"왜 이렇게 되신 거예요?"

내의원 제조 서용보(徐龍輔)가 대답했다.

"정무를 보시다 갑자기 혼절하셨다고 하옵니다."

세자가 국왕을 살피며 질문했다.

"응급조치는 취하셨나요?"

"침의(鍼醫)가 시침했지만 안타깝게도 정신을 차리지 못하십니다."

"아아! 큰일이구나."

세자가 안타까운 탄성을 터트렸다.

옆에 있던 영의정 이병모(李秉模)가 세자를 다독였다.

"저하! 이럴 때일수록 심기를 굳건히 하셔야 하옵니다. 전하께서는 병환으로 정신을 잃은 것이 아니니만큼 반드시 깨어나실 것이옵니다."

좌의정 심환지도 적극 동조했다.

"전하께서는 강건하신 분이옵니다. 그동안 저하께서 하루
도 빠짐없이 전하의 건강을 챙겨 오지 않으셨습니까? 그러
니 곧 정신을 수습할 것이니 너무 상심하지 마세요."

"후! 알겠습니다."

이러던 세자가 갑자기 질문했다.

"그런데 혹시 심통(心痛)에 대해서는 확인해 봤나요?"

내의원 의관이 대답했다.

"맥이 불안정하지만 심통은 아니옵니다."

"그나마 다행이네요."

세자는 이때부터 국왕에게서 잠시도 시선을 떼지 않았다.
그러나 국왕은 몇 시진이 지나도 깨어나지 않았다.

이러는 동안 왕대비가 다녀가고, 왕비와 후궁들도 차례로
다녀갔다. 이들은 하나같이 나이 어린 세자가 돌아가 쉬기를
권했다.

이러한 권유에도 불구하고 세자는 밤이 늦도록 편전을 떠
나지 않았다. 그러나 중신들의 거듭된 요청과 왕대비가 보낸
상궁의 재촉을 받고서야 어쩔 수 없이 동궁으로 돌아왔다.

동궁으로 돌아오고서도 세자는 가슴이 답답해 제대로 앉
아 있지 못했다. 그래서 동궁 뜰 앞을 서성이며 수많은 생각
을 했다.

개혁군주

'내가 조선에 오고 5년 동안 조선은 엄청나게 변했다. 대외무역이 대성공을 거두면서 성장에 가속도가 붙은 상태다. 이대로 10년 아니, 5년만 지나도 조선은 환골탈태할 수 있다. 그런 중요한 시점에 부왕께서 쓰러지시다니.'

현실이 안타까워 절로 한숨이 나왔다.

"하! 답답하구나."

고개를 들어 하늘을 올려다봤다. 벌써 달이 둥글어져 있었다.

'오회연교가 반포되고 보름이 지났구나. 그럼에도 여전히 경색되어 있는 정국 상황이 아바마마를 옥죄었나 보구나.'

세자의 짐작은 사실이었다.

국왕은 그동안의 성과를 바탕으로 자신만만하게 오회연교를 반포했다. 그러나 미리 주변을 수습하지 않은 실수로 인해 거의 고립무원의 처지가 되어 있었다.

물론 시파도 건재하고, 국왕이 직접 육성한 초계문신도 그대로다. 그러나 결정적인 순간에 이들 모두가 침묵했다.

국왕은 이런 반응을 보고서야 자신의 성급한 결단을 자책했다. 그러나 이미 반포한 오회연교를 거둘 수는 없었다.

일의 발단이 된 김이재와 김이익의 사직은 두말없이 받아들였다. 이만수도 외직으로 발령을 내며 일정한 책임을 물었다.

그러나 이런 조치는 별 의미가 없었다. 조정 중신들은 여전히 냉랭했으며, 국왕이 포기하라는 선택을 은근히 강요하고 있었다.

이런 상황이 이어지면서 국왕이 받은 압박감은 대단했다. 그럼에도 꿋꿋이 참으며 정사를 보다 더 이상 견디지 못하고 혼절한 것이다.

국왕은 지금까지 칼날 위에서 살아왔다고 해도 과언이 아니다. 그러면서 받아 왔던 스트레스는 상상을 초월할 정도였다.

세자는 스트레스가 얼마나 무서운 병인지 너무도 잘 알고 있었다. 그래서 쓰러진 국왕이 더 걱정되었다.

"하! 아무래도 급격한 스트레스가 원인인 거 같다. 그런데 의학 지식이 별로 없으니, 이럴 때 어떻게 해야 할지 모르겠구나."

세자는 이렇게 자책을 하며 기원했다.

"제발 아무 일 없이 일어나시옵소서. 조선의 미래를 위해서라도 아바마마께서 꼭 계셔야 하옵니다."

이날 세자는 거의 뜬눈으로 밤을 새웠다.

❀

다음 날.

세자는 날이 밝기도 전에 움직였다.

"김 내관은 장용영의 김 단장과 백 여단장, 그리고 훈국의 서 대장을 모셔 와라."

세 사람은 친위군을 이끌고 있었다. 전날 국왕이 혼절하자

만일에 대비해 이들은 용호영 군영에서 대기하고 있었다.

세 사람은 바로 입궐했다.

서유대가 초췌한 세자를 안타까워했다.

"밤을 새우신 겁니까?"

세자의 안색이 흐려졌다.

"아바마마께서 정신을 차리지 못하는데 어떻게 잠이 오겠습니까?"

"이럴 때일수록 심지를 더 굳건히 하셔야 하옵니다. 그래야 삿된 생각을 하는 자들이 생겨나지 않사옵니다."

"노력해 보겠습니다. 그보다 오늘 여러분들을 모신 것은 지시할 일이 있어서입니다."

국왕이 병중이라고 해도 세자가 함부로 병권을 좌지우지할 수는 없었다. 그런데도 세 사람은 누구 한 사람 이의를 제기하지 않았다.

"하교해 주십시오."

"아바마마께서 정신을 수습할 때까지 대궐의 문을 잠가야겠습니다. 그러니 용호영에 주둔해 있는 장용영 대대 병력은 금군과 상의해 대궐 외곽을 경비해 주세요."

"예, 저하."

"그리고 훈련도감과 장용영의 여의도여단은 도성 방어를 맡아 주세요. 병력 배치는, 훈련도감은 서대문부터 동대문까지를, 장용영은 그 북쪽을 담당하면 됩니다."

세자의 지시는 거침이 없었다.

그 모습을 본 서유대가 눈을 빛냈다.

"저하, 성문은 어떻게 하면 좋겠사옵니까? 이런 일이 있을 때는 도성의 성문을 걸어 잠그옵니다."

세자가 고개를 저었다.

"그렇게 하지 마세요. 병력 배치는 만일을 위한 대비일 뿐입니다."

"하오나……."

세자가 손을 들었다.

"저도 그렇지만 아바마마께서도 백성을 믿습니다. 우리 조선의 백성들은 이런 때일수록 알아서 더 조심할 것입니다."

"그러면 출입만큼은 철저히 가리도록 하겠습니다."

"그건 알아서 하세요. 그러나 너무 심하게 수색하지는 마시고요."

"그렇게 하겠사옵니다."

세자가 백동수를 바라봤다.

"여의도 병력이 도성으로 올라오면, 그 자리에 강화에서 대대 병력을 이동시키세요."

백동수가 제안했다.

"차라리 강화의 대대 병력을 바로 불러들이는 게 좋지 않겠사옵니까?"

세자가 고개를 저었다.

"병력 이동도 훈련입니다. 그리고 대대 병력이 한꺼번에 이동하는 경우도 흔치 않으니, 이런 기회를 적절히 활용해야지요."

세 명의 무장이 감탄의 눈빛을 보냈다.

세자는 그런 장수들을 보며 냉정하게 지시했다.

"이런 때일수록 백성들은 병사들의 일거수일투족에 주목하게 됩니다. 그러니 군기가 흐트러지지 않도록 휘하 장병들을 철저하게 관리해 주세요."

"알겠습니다."

"서두르시고요. 그리고 이 시간부로 갑호비상경계 태세에 돌입합니다. 따라서 각 군영은 사전에 계획된 대로 통합 운영합니다. 그 지휘는 훈국의 서 대장이 맡아 주시고요."

서유대가 몸을 숙였다.

"성심을 다하겠사옵니다."

김기후가 나섰다.

"통합지휘본부는 어디에 두면 되겠사옵니까?"

"용호영 군영에 두세요. 그리고 장용영의 각 여단에도 서둘러 영을 전하도록 하세요."

"알겠습니다."

"자! 서두르세요."

"예, 저하."

인사를 마친 세 명의 지휘관들이 서둘러 동궁을 나갔다.

그들을 배웅한 세자는 다시 지시했다.

"김 내관은 즉시 가서 금군의 수장들을 불러오세요."

"예, 저하."

잠시 후.

내금위장과 겸사복장, 우림위장들이 동궁에 들어왔다. 이들은 금군청에 속한 무장들로 각각의 임무가 따로 있었다.

"아바마마께서 병중에 계셔서 내가 대신 지휘하려 합니다. 여기에 이의가 있으면 지금 말하세요."

장수들이 동시에 대답했다.

"없습니다."

"감사합니다. 그럼 지시하겠습니다. 지금 이 시간부로 갑호비상경계령을 하달합니다."

지휘관들의 안색이 일순 굳어졌다.

"명령을 받들겠사옵니다."

"우선 병력 배치예요. 비상 상황이라고 해도 이런 때일수록 교대를 더 철저히 해야 합니다. 그래야 맑은 정신으로 경호 업무에 임할 수 있어요. 그러니 3교대를 철저하게 유지하세요."

내금위장 한 명이 우려를 나타냈다.

"만일에 대비해 병력을 전부 비상 대기시키는 게 좋지 않겠습니까?"

"아니에요. 아바마마께서 깨어나시더라도 바로 정무를 보지 못하실 거예요. 그러니 그때를 대비해서라도 금군이 제대로 운용되어야 해요. 그러니 제 말을 따르세요."

"알겠습니다."

"대궐 밖은 장용영 대대가 방어할 거예요. 그러니 여러분들께서는 사전에 계획된 대로 병력을 대궐 전역에 배치하세요. 특히 아바마마를 측근 경호하는 내금위 병력은 어떠한 일이 있더라도 철저하게 업무에 임해야 합니다."

내금위장들이 굳은 표정으로 다짐했다.

"죽을 각오로 만전을 다하겠습니다."

"겸사복과 우림위도 맡은 바 임무에 힘써 주기를 바랍니다. 나는 여러분들의 충정을 누구보다 믿고 있습니다."

지휘관들이 일제히 몸을 숙였다.

"성심을 다해 명령을 받들겠사옵니다."

"명령은 지금 즉시 시행하세요."

"예, 저하."

지휘관들이 일제히 인사를 하고 나갔다. 밖으로 나간 이들은 서둘러 자신들의 부대로 이동했다.

그리고 휘하 병력을 대궐 곳곳에 배치했다. 이러는 동안 대궐 밖도 장용영 병력이 에워쌌다.

이중방어 태세가 구축된 것이다.

나이 어린 세자가 누구의 조언도 받지 않고 병력을 배치했다. 대궐의 안과 밖, 한양 성문과 도성 곳곳에 장용영과 훈련도감 병력이 배치되었다.

병력 배치는 아침나절을 넘기지 않았다.

배치는 일사불란하게 진행되었다.

워낙 빠르게 진행되어 조정 중신들은 그저 보고 있을 수밖에 없었다. 그렇게 일순간에 도성이 장악된 모습에 경화 사족들은 등골이 서늘해졌다.

그러면서 절감했다. 국왕이 왜 친위병력 양성에 혼신의 노력을 했는지를.

그러면서 불과 열 살의 세자가 얼마나 냉정하게 일을 처리하는지도 새삼 알게 되었다.

입궐한 중신들도 사정은 같았다.

겉으로 말을 하지는 않았다. 그러나 세자의 철저하고 냉철한 병력 배치를 보면서 놀라지 않은 사람이 없었다.

제 할 일을 마친 세자는 누구보다 먼저 편전에 들어 있었다. 그리고 들어오는 중신들을 정중히 예를 다해 맞이했다.

중신들은 처음으로 세자가 두렵다는 생각이 들었다. 누구도 세자의 병력 배치 지시에 이의를 제기하지 않았다.

아니, 못했다.

그러면서 알게 되었다.

세자는, 모습은 전날 그대로였으나 오늘은 기세가 완전히 달라져 있었다. 그러면서 세자가 분노하고 있다는 사실도 알게 되었다.

세자가 왜 분노하고 있는지 모르는 중신들은 없었다. 그 바람에 분위기는 더없이 무거웠으며, 숨소리조차 편히 내지 못했다.

세자도 중신들이 달라진 걸 느꼈다. 그러나 조금도 내색하지 않고 철저하게 국왕만 챙겼다.

들여오는 죽과 탕약을 시음 시탕했다. 본래는 기미상궁이 해야 할 일을 세자가 자청한 것이다.

이런 세자를 중신들이 만류했다.

세자가 고개를 저었다.

"저는 세자이기 전에 자식의 도리를 다하려는 것이에요. 그러니 시음 시탕을 갖고 더 이상 문제 삼지 않기를 바랍니다."

유교에서 최고의 덕목은 효(孝)다. 세자가 효를 거론하자 더 이상 만류하는 소리가 나오지 않았다.

세자는 이렇듯 온 정성을 다하며 국왕이 깨어나길 기원했다. 그러나 국왕은 이날도 정신을 차리지 못했다.

❀

이날 저녁.

김관주의 집으로 몇 사람이 모여들었다. 이들은 모두 경주 김씨로, 김관주가 사람을 보내 급히 불러 모은 것이다.

"어서들 오시게."

김용주가 자리에 앉으며 입을 열었다.

"무슨 일이시기에 소제들을 부르신 겁니까?"

다른 사람이 동조했다.

왕대비의 친동생인 김인주(金麟主)가 나섰다.

"그러게 말입니다. 좀체 이런 일을 하지 않던 형님께서 사람을 보내셔서 놀라 달려왔사옵니다."

다른 사람들이 다시 이구동성이었다.

김관주가 입을 열었다.

"오늘 아우님들을 오라 한 건 작금의 일을 논의하기 위해서네."

김용주가 대번에 알아들었다.

"주상 전하께서 혼절한 일을 말씀하십니까?"

"그렇다네."

"주상 전하께서 깨어나셨다는 전갈을 받으셨습니까? 아니면 혹시⋯⋯."

김용주가 끝말을 얼버무렸다.

김관주가 고개를 저었다.

"아직까지 정신을 차리지 못하고 계시네."

"그런데 왜 저희를 부르신 것입니까?"

김관주가 사람들을 둘러보며 주의를 주었다.

"지금부터 가문의 명운에 관련된 말을 하려 하네. 그러니 어떠한 일이 있더라도 외부로 말이 퍼져서는 안 되네. 약속들 할 수 있겠지?"

김관주의 주의에 사람들은 아연 긴장했다. 그러면서 전부 다짐을 했다.

"명심하겠습니다."

"절대 입조심을 하겠습니다."

김관주가 다짐을 받고서야 말을 이었다.

"좋아. 그러면 내 말을 시작하겠네. 아우들도 짐작하고 있겠지만, 주상께서 쓰러지신 사태에 대해 논의하려 하네."

그러면서 다시 동생들을 돌아봤다.

"주상 전하께서 정신을 차리시더라도 과거처럼 정정하시지는 않을 거야. 그렇게 된다면 정국은 이전과는 판이하게 돌아가겠지. 아울러 지난 그믐에 내린 전교도 유명무실해질 터이고 말이야."

김용주가 동조했다.

"그렇게 될 가능성이 크겠지요."

"그래서 아우님들을 부른 거네. 만일 주상 전하께서 이대로 유고하시면 어떻게 되겠나?"

김인주의 눈이 번쩍 커졌다.

"그렇게 되면 왕대비 누님께서 수렴청정하시지 않겠습니까?"

방 안이 갑자기 술렁였다.

국왕이 즉위하고 지금까지 거의 숨죽이며 살아야 했다. 그런 이들은 수렴청정이란 말이 나오자마자 격하게 반응했다.

김관주가 손을 들어 제지했다.

"너무 앞서가지 말게. 이런 때일수록 더 입조심 몸조심을 해야 해."

주의를 들은 모두가 입을 다물었다. 그러나 얼굴은 기대감으로 하나같이 붉어져 있었다.

김관주가 말을 이었다.

"무엇이 되었든, 지금까지 숨죽여 살아온 우리로서는 더없이 좋은 기회가 될 거야."

김인주가 나섰다.

"그러나 해가 뜨기 전이 가장 어둡다고 했습니다. 아직 어떤 결정도 내려진 것이 없으니 당분간은 자중자애해야 합니다."

김용주가 이의를 제기했다.

"인주 형님. 송구한 말씀이오나 지금은 움츠려 있을 때가 아니라고 생각합니다."

김인주가 바로 반박했다.

"그게 무슨 소린가. 아우는 그럼 적극적으로 활동해야 한다는 건가?"

"그렇습니다. 여느 때라면 형님 말씀대로 조심하는 게 맞습니다. 허나 지금은 주상 전하께서 오회연교를 반포하며 정국이 급격히 경색되어 있습니다. 이러한 때 우리와 뜻을 같이하는 가문과 인사들을 적극 규합해야 하지 않겠습니까?"

"으음!"

"그래서 저는 심환지 대감을 관주 형님이 만나 뵈었으면 합니다."

김관주의 눈이 커졌다.

"나보고 좌상 대감을 만나 보라고?"

"그렇사옵니다. 좌상께서도 오회연교로 인해 고심이 적잖으실 겁니다. 그러니 형님께서 우리 가문의 대표로 만나 보십시오. 아마도 좌상 대감께서는 형님을 그냥 돌려보내지는 않을 겁니다."

"으음!"

지난해 김종수가 서거했다.

그 뒤를 이어 심환지가 벽파의 영수가 되었다. 김용주가 그런 심환지를 거론하자 김관주의 머릿속이 복잡해졌다.

김인주가 나섰다.

"용주의 말대로 해 보시지요. 좌상 대감도 형님께서 찾아가시면 절대 소홀히 하지는 않을 겁니다."

김관주가 고개를 저었다.

"그보다 더 큰 문제가 있네."

김인주가 바로 나섰다.

"무엇이 문제란 말씀입니까?"

"며칠 전 나와 용주가 왕대비 마마의 부름을 받고 입궐한 적이 있었네."

이렇게 말을 꺼낸 김관주가 왕대비가 했던 말을 전했다.

그러자 곳곳에서 침음이 터져 나왔다.

김인주가 격하게 반응했다.

"누님의 말씀이라 해도 아닌 건 아닙니다. 우리 가문이 지금까지 쥐 죽은 듯 지낸 것도 억울한 일입니다. 그런데 그것도 모자라 주상 전하의 의지를 쫓으라니요. 있을 수 없는 일입니다."

김관주가 한숨을 내쉬었다.

"후! 나도 같은 생각이네. 허나 왕대비 마마께서 우리와 생각이 달라지신 게 문제야."

김용주가 은근히 불만을 표했다.

"다른 분도 아니고 왕대비이십니다. 누님께서는 사도세자 때도 그랬지만, 강화의 은언군을 논죄할 때도 누구보다 앞장서셨습니다. 그런 분이 왜 그런 말씀을 하시는지 이해가 되지 않사옵니다."

"그 모두가 세자 저하 때문이네."

함께 입궐하지 않았던 김인주가 놀라며 반문했다.

"예? 세자 저하 때문이라고요?"

"그렇다네. 자네들도 알다시피 세자 저하께서 그동안 얼마나 많은 공적을 쌓아 왔나. 그런 저하의 활동을 보고는 당신의 야망을 내려놓으신 듯하네."

김인주도 여기에 동조했다.

"저도 그렇게 생각합니다. 그동안 세자 저하께서 일구신

치적은 말로 다 하지 못할 정도로 많기는 합니다."

"그래, 그래서 왕대비 누님께서 마음을 비우신 거 같아. 그러나 지금은 사정이 완전히 바뀌었잖아?"

"아! 그렇습니다."

"그러니 인주 아우. 자네가 내일 누님을 만나 보게. 그래서 우리의 생각을 전해 드리면서 마음을 돌리시도록 요청해 주게."

"형님께서 직접 뵙지 않고요?"

김관주가 고개를 저었다.

"이런 상황에서 내가 누님을 찾아뵐 수는 없어."

김용주가 거들었다.

"옳은 말씀입니다. 형님께서는 되도록 대궐 출입을 하지 않으시는 게 좋습니다."

"그래, 그래서 나는 좌상 대감을 따로 찾아뵈려고 하네. 그러니 인주 아우는 누님을 만나 우리의 의지를 전해 주도록 하게."

"알겠습니다."

김관주가 모두를 둘러봤다.

"미래는 준비하는 자의 것이라고 했네. 그러니 이제부터는 만일에 대비해 우리가 무엇을 해야 할지 논의를 해 보도록 하세."

방 안 분위기가 후끈 달아올랐다. 김관주는 그런 분위기를 적절히 조절해 가면서 토론을 주도했다.

❊

다음 날 새벽.

세자는 전날 한양에서 벌어진 상황을 이원수와 백동수로부터 동시에 보고받았다.

"밤사이 여러 곳에서 만남이 있었군요. 이 모두가 아바마마께서 정신을 수습하지 못한 게 원인이겠지요?"

이원수가 조심스럽게 대답했다.

"아마도 그게 가장 큰 원인일 것이옵니다."

"후우! 착잡하네요."

백동수가 위로했다.

"너무 언짢아 마십시오. 전하께서 갑작스럽게 쓰러지셨습니다. 이런 국난지경에 누구도 그냥 있을 수는 없었을 겁니다."

"저도 그런 사정을 모르지 않아요. 그런데도 보고를 받으니 기분이 좋지가 않네요."

"인지상정이옵니다. 그러니 그러려니 하고 대범하게 넘기십시오."

이원수도 거들었다.

"중요한 건 주상 전하의 쾌차이옵니다. 그러니 일희일비하실 필요는 없습니다."

세자도 동조했다.

"좌익위의 말씀이 맞아요. 알겠습니다. 대범하게 대처하겠습니다."

"황감하옵니다."

세자가 보고서를 다시 살폈다.

"그런데 벽파 가문들뿐이 아니라 시파 가문들에서도 모임을 많이 가졌네요."

"비상시국이니 그럴 수밖에 없습니다."

"그렇군요."

세자가 서류를 덮었다. 그러고는 다른 문건을 집어서 펼쳤다.

"화성의 장용영은 어떻게 되었습니까?"

"유사시에 대비해 군단장께서 병력을 지휘하러 직접 내려가셨습니다."

"병력 운용은요?"

"갑호비상령에 맞춰 모두 완전군장 상태로 대기해 있사옵니다."

"잘하셨네요. 그러나 대기 상태가 오래 지속되면 병사들의 피로가 가중될 위험이 있습니다. 이런 점을 유념해서 병력을 운용해야 합니다."

"저하의 지시 사항을 각 부대에 전달하겠습니다."

백동수의 시원시원한 대답에 세자의 표정이 조금은 풀렸다.

이때, 김 내관이 목소리가 들렸다.

"저하! 상무사의 박 대표가 들었사옵니다."

"외숙께서 이렇게 일찍? 드시라 하라."

문이 열리고 박종보가 들어왔다.

"외숙! 이렇게 일찍 어인 일이세요?"

"어제 화란양행의 상선이 강화나루에 입항했사옵니다."

세자의 목소리가 높아졌다.

"아! 그래요?"

"예. 여기 그들이 제출한 보고서입니다."

박종보가 보고서를 내밀었다. 세자가 서류를 살피는 동안 방 안에는 잠시 정적이 감돌았다.

세자가 흡족해했다.

"예상보다 성과가 훨씬 좋네요. 화란양행의 중개무역 물량이 갈수록 늘어나겠어요."

"서양에서 벌어지고 있는 전쟁의 특수를 톡톡히 보고 있사옵니다. 그래서 의약품과 발화기 같은 전쟁 물품의 수요가 폭증하고 있다고 하옵니다."

"우리가 구입을 요청한 물량은 차질 없이 들어왔나요?"

"그렇습니다. 이번에 들어온 물량은 보고서 후반에 따로 정리되어 있사옵니다."

세자가 서류를 넘기며 확인했다.

"역시 화란양행이네요. 주문했던 물품을 하나도 빠짐없이 구입해 왔네요."

개혁군주

"그렇사옵니다."

백동수가 의문을 나타냈다.

"그런데 매년 두 차례씩 이렇게 많은 물량을 언제까지 수입해 들여야 하는 것이옵니까?"

"서양과의 기술 격차가 없어질 때까지는 지속되어야겠지요."

"그러면 기한이 없다는 말이로군요. 우리가 발전하는 만큼 서양도 발전할 터이니 말입니다."

"서양은 전쟁 중입니다. 그래서 전쟁이 끝날 때까지 최대한 격차를 줄이도록 노력할 거예요."

"그 정도의 시간은 있다는 말씀이군요."

"꼭 그렇지는 않아요. 전쟁이 벌어지면 군사 무기 발전에 전력을 기울이게 되지요. 그렇게 발전된 군사 무기는 실생활에 필요한 기술 발전의 바탕이 되고는 하지요. 그러나 그런 경우도 전쟁이 끝나야 하니 우리에게는 좋은 기회이지요."

"저들에게는 안된 일이지만, 서양의 전쟁이 오래 지속되어야겠습니다. 그래야 본국의 기술이 서양을 따라잡기 쉬우니 말입니다."

백동수의 말에 모두가 웃었다.

세자가 그들을 보며 상황을 설명했다.

"서양에서 벌어지고 있는 전쟁은 시대상이 반영되어 있습니다. 그래서 쉽게 마무리가 되지 않을 거예요. 아마도 백 여단장님의 바람대로, 전쟁은 적어도 10년 이상 지속될 겁니다."

"우리로서는 최고의 기회로군요."

"그렇지요. 그래서 기회를 놓치지 않으려고 서양 문물을 대거 들여오고 있는 겁니다."

이원수가 거들었다.

"서양의 전쟁이 지속되면 필요한 기술자들도 많이 유입할 수 있겠군요."

"맞아요. 문물의 도입보다 더 중요한 게 과학자와 기술자들이에요. 그래서 화란양행에 특별 부탁을 했는데, 얼마나 좋은 성과를 거둘지 두고 봐야지요."

박종보가 고개를 갸웃했다.

"화란양행의 도움으로 그동안 본국으로 넘어온 화란 기술자들이 수백여 명입니다. 저하께서는 그들만으로는 만족을 못 하시는 거로군요."

"과학자와 기술자는 많으면 많을수록 좋지요. 더구나 곧 있으면 대학을 설립해야 하는데, 학생들을 가르칠 교수가 절대 부족하잖아요."

"그건 그렇습니다. 유학을 가르칠 유학자는 차고 넘치는데, 다른 부분은 너무 열악합니다."

"그래요. 그래서 과학자 초빙에도 힘을 쓰는 겁니다."

"제대로 된 대학 설립을 위해서라도 이번에 들여온 학술서적을 최대한 빨리 번역해야겠습니다."

"그러면 더 바랄 게 없지요. 그건 그렇고, 양철 생산은 어떻게 진행되고 있지요?"

"주석 도금은 완전하지는 않지만 성공했습니다. 그러나 저하께서 원하시는 정도의 얇은 강판은 아직 생산해 내지 못하고 있사옵니다."

세자가 크게 아쉬워했다.

"양철은 값이 황동 판재보다 훨씬 싸고, 가벼워서 각종 자재로 활용이 가능해요. 무엇보다 저장식품인 통조림을 만들수 있어서 전투식량과 비상식량 제작에 꼭 필요한 재료입니다. 기술이 부족한 건 알고 있지만 서둘러 주셨으면 해요."

박종보가 머리를 숙였다.

"제철 기술자들과 힘을 모아 개발에 반드시 성공하겠습니다."

"이번에 시몬스도 함께 왔나요?"

"예, 그렇습니다."

"나라 사정이 좋지 않아 지금 바로 만나기는 어려워요. 하지만 직접 만나야 할 일이 있으니 기다려 달라고 해 주세요."

"그렇게 하겠사옵니다."

세자가 자리에서 일어났다.

"오늘도 수고해 주세요. 나는 편전으로 가야 해서 이만 일어날게요."

박종보가 안타까워했다.

"이틀 동안 고생하셨는데, 오늘은 동궁에서 쉬시다 가 보시지요."

세자가 고개를 저었다.

"아니에요. 간밤에 고생하신 분들을 위해서라도 내가 가 봐야 해요."

국왕이 중병에 들면 유력 종친들은 입궐해 대기하게 된다. 이런 종친들은 돌아가면서 밤을 지새우는데, 지금의 왕실은 사람이 너무 적었다.

세 사람은 그런 부분까지 신경을 쓰는 세자가 놀라웠다. 그러나 중요한 건 그들보다 세자였다.

백동수가 우려했다.

"저하! 왕실 종친의 노고를 누가 모르겠사옵니까? 하오나 지금은 저하의 건강이 우선이옵니다."

세자도 동의했다.

"저도 잘 알아요. 하지만 지금의 내가 할 일은 아바마마를 곁에서 지켜 드리는 일이에요."

"그래도 각별히 보중하셔야 하옵니다. 이제 저하께서는 혼자의 몸이 아니십니다. 개혁을 바라는 수많은 백성이 저하만을 바라보고 있사옵니다. 그리고 소장을 비롯한 조선의 모든 군인도 잊지 마시옵소서."

세자는 가슴이 먹먹해졌다.

"……고마운 말씀이네요. 저를 지켜보는 분들이 걱정하지 않도록 조심할게요."

방을 나서는 세자는 이날따라 유난히 든든한 기분이 들었

개혁군주

다. 그런 세자의 뒷모습을 세 사람은 끝까지 바라봤다.

그렇게 세자는 편전으로 넘어갔다.

❀

같은 시각, 왕대비전에 김인주가 찾아왔다.

김인주는 과거에 급제를 못 했다.

그래도 왕대비의 후광 덕에 음보(蔭補)로 고을수령 정도는
어렵지 않았다. 그러나 친형인 김귀주가 사도세자 사사에 앞
장섰던 죄가 있었던 터라 아직까지 관직에 오르지 못했다.

그래서 대궐 출입도 자제해 왔었다. 그런 김인주가 이른
아침 찾아오니 왕대비가 깜짝 놀랐다.

"아니, 둘째 오라버니께서 이 아침에 대궐에는 어인 행차
이옵니까?"

"그간 너무 격조했사옵니다. 진즉에 자주 찾아뵈어야 했
는데, 송구하옵니다."

왕대비가 씁쓸해했다.

"오라버니의 마음을 내가 왜 모르겠습니까? 귀주 오라버
니의 일로 인해 앞길이 막히었으니, 대궐을 찾는 일도 어려
웠겠지요."

김인주가 몸을 숙였다.

"이해해 주셔서 감읍하옵니다."

"헌데 그러시던 분이 오늘은 어인 일이옵니까? 더구나 이렇게 이른 새벽에요."

"어제 관주 형님 댁에서 집안의 회합이 있었습니다. 그래서 그 일을 말씀드리기 위해 마마를 찾아뵙게 되었사옵니다."

왕대비는 대번에 상황을 짐작했다.

그녀는 권력에 대한 욕망이 컸다. 그래서 사도세자의 사사에도 상당한 영향력을 발휘했었다.

그뿐이 아니었다.

개혁군주

위기를 기회로

　왕대비는 국왕이 즉위하던 해 일어났던 암살 사건에도 결정적 역할을 했다.

　국왕의 암살 사건은 사도세자 사사의 주범인 홍계희의 일족이 주도했다. 여기에 노론 벽파 인물들도 대거 가담했다.

　그런 암살 사건이 미수에 그치며 가담자들이 대거 체포되기에 이르렀다. 벽파로서는 절체절명의 위기였다.

　자칫 잘못하다간 벽파 전체가 찍혀 나가게 되어 있었다. 그런데 이런 위기가, 홍계희의 아들인 홍상간의 토설로 결정적 전기가 마련되었다.

　홍상간이 국청에서 은전군(恩全君)을 추대하려 했다고 고변한 것이다. 노론 벽파는 이 자백을 국면 전환용으로 적극 들고나왔다.

그러면서 은전군을 사사하라고 들고일어났다. 자신들의 죄를 덮기 위해 국왕이 아끼던 은전군을 희생물로 삼은 것이다.

본말이 전도된 것이다.

은전군은 그저 추대만 받았을 뿐이다. 그럼에도 노론 벽파는 홍상길의 일방적인 주장만으로 사사를 주장했다.

국왕은 이런 주청을 단호히 거절했다.

그러나 노론 벽파는 물러서지 않았다. 수십 번의 주청을 했고, 영의정이 백관을 거느리고 국왕에게 사십여 번이나 몰려가 시위를 했다.

이때 왕대비가 결정적으로 나섰다. 왕대비가 은전군을 사사하라는 언문 교지를 내린 것이다.

국왕의 암살 사건에 왕대비전의 상궁과 나인들이 결정적으로 가담해 있었다. 그런 정황이 드러난다면 왕대비로서도 큰 곤욕을 치를 수밖에 없었다. 그래서 적극 나섰으며, 이런 왕대비를 등에 업은 노론 벽파는 더 기세가 등등해졌다.

대신들은 은전군을 의금부 뜰로 끌어내 자결을 강요하기에 이르렀다. 그걸 은전군이 거절하자 대신들은 왕에게 몰려가 겁박하면서, 대신들이 은전군의 사사를 명하는 전지를 작성했다.

국왕의 암살 사건은 이렇듯 본말이 전도된 채 끝났다. 국왕의 암살을 모의하고 시행했던 벽파는 전체가 합심해 왕과 맞섰던 것이다.

그리고 몇 명의 주모자만 처형시키고 사건을 덮어 버렸다. 꼬리 자르기의 전형이었다. 이렇게 해도 될 정도로 당시 조정은 노론 벽파 천지였다.

국왕은 이를 갈았다.

힘이 없어 억울한 동생이 죽어 나갔다. 이때부터 국왕은 와신상담 세력을 길러 왔으며, 그런 노력이 끝내 왕대비의 마음을 돌려놓게 했다.

그래서 얼마 전 김관주를 불러 주상을 따르라고까지 했다. 그런데 오늘 들어온 김인주의 표정을 보니 그게 아니었다.

왕대비가 질문했다.

"집안 형제들이 합심해서 뜻을 모았나 보네요."

"그러하옵니다."

"내가 관주 오라버니께 주상의 뜻을 받들라고 했었지요. 그런데 오라버니가 이른 아침에 들어오신 것을 보니 다른 의견이 모였나 봅니다."

김인주의 이마에 땀이 뱄다.

왕대비가 자신보다 어리지만 온갖 권모술수에 능한 여인이었다. 더구나 권력욕까지 차고 넘쳤기에 말 한마디에 바로 주눅이 들었다.

그러나 가문을 위하는 일이었다. 김인주가 용기를 내어 입을 열었다.

"아뢰옵기 송구하오나, 신 등은 그동안 너무 숨죽여 살아왔사옵니다. 그런 저희가 이번 일을 계기로 제대로 일어서야 하지 않겠습니까?"

왕대비가 이 말에는 반박을 못 했다.

심경이 복잡해진 왕대비가 사과했다.

"……다 내가 못난 탓이에요. 미안합니다. 저 때문에 오라버니가 고생이 많습니다."

김인주가 급히 몸을 숙였다.

"아니옵니다. 마마께서 못하실 때는 다 그럴 만한 이유가 있어서겠지요. 저는 조금도 그 문제를 마음에 담아 둔 적이 없었사옵니다."

왕대비의 눈빛이 착잡해졌다.

어떻게 보면 자신의 집안에서 가장 피해를 본 사람이 김인주다. 그런 사람이 너무도 여린 말을 하는 게 못내 안쓰러웠다.

"알겠습니다. 제가 무엇을 하면 되겠습니까?"

"마마!"

"후! 제가 주상의 뜻을 따르라고 했던 건 가문을 위해서예요. 그런데 여러분이 합의해서 제 길을 가겠다고 하는데 당연히 도와드려야지요."

김인주가 몸을 숙였다.

"황감하옵니다. 왕대비 마마께서 도와주신다면 무엇을 못하겠사옵니까?"

"허나 지금은 민감한 시기입니다. 그러니 철저하게 주변을 살피며 행동해야 합니다."

"성려 마십시오. 저도 그렇지만, 우리 모두는 같은 실수를 되풀이하지 않을 겁니다."

"그래야지요."

왕대비는 권력욕이 많은 만큼 고집도 누구보다 세다. 그런 사람이 생각을 바꿨다는 건 김관주가 김인주를 보낸 계략이 성공했다는 의미다.

생각을 바꾼 왕대비는 김인주에게 몇 가지를 더 주문했다. 그렇게 왕대비를 만나고 나온 김인주는 곧바로 김관주의 저택을 찾았다.

"누님께서 우리의 청을 들어주셨어?"

"그러하옵니다. 가문의 중지를 모았다고 하니 누님께서 흔쾌히 청을 받아들여 주셨사옵니다."

"참으로 다행이로구나. 당부의 말씀은 따로 없으셨는가?"

"위험한 시기니만큼 극히 조심해서 행동하라고 주의를 주셨습니다. 그러면 대궐 안의 일은 책임지고 처리해 주신다고 약조하셨고요."

"당연히 그래야겠지. 마침 좌상 대감께서도 바로 만나자는 전갈을 보내오셨다."

"좌상 대감께서 입궐하지 않으시고요?"

"전날 늦게까지 편전에 계셨다고 한다. 그래서 오늘은 조금 늦게 등청하신다고 했어."

"잘되었군요. 그러시면 바로 가서 만나 보시지요."

김관주가 일어났다.

"그렇지 않아도 바로 가려고 했었는데, 아우가 오는 바람에 조금 지체되었네."

"다녀오십시오, 형님."

"아우는 가지 말고 내가 올 때까지 기다리도록 하게."

"그렇게 하겠습니다."

김관주는 서둘러 집을 나섰다. 그가 살고 있는 지역도 북촌이어서 심환지의 집까지는 얼마 떨어져 있지 않았다.

미리 기별해 둔 터여서 청지기가 기다리고 있다 사랑으로 안내했다.

"대감마님. 왕대비 마마의 육촌 오라버니께서 오셨사옵니다."

"들라 하라."

김관주가 대청을 올라 헛기침을 했다.

"험! 대감, 소인입니다."

"들어오게."

김관주가 조심스럽게 문을 열고 들어갔다.

방안에는 관복을 차려입은 심환지가 기다리고 있었다.

"어서 오게."

"오랜만에 뵙습니다, 대감."

"그러게 말이야. 지천에 살면서도 서로가 바빠 한참으로

개혁군주

못 봤어. 어떻게 그동안 잘 지내셨나?"

김관주가 허허롭게 웃었다.

"소인이야 그저 세월만 보내고 있지요."

심환지가 측은한 표정을 지었다.

"에이. 어서 좋은 날이 와야 하는데…….'

"그런 날이 곧 오겠지요."

두 사람이 서로를 보며 눈을 빛냈다. 선문답이었지만 두 사람은 대화에 들어 있는 함의를 어렵지 않게 파악했다.

"그동안 연락이 없던 사람이 갑자기 기별이 와서 놀랐네. 긴히 나눌 말이 있다고 했는데, 그게 무엇인가?"

"왕대비 마마께서 소인에게 은밀히 전교를 내리셨사옵니다."

차를 마시던 심환지가 주춤했다.

"왕대비 마마께서 무슨 말씀을 하셨는가?"

"오늘 인주 아우가 마마의 부름을 받고 급히 입궐했습니다. 그 자리에서 앞으로 대감과 많은 일을 상의하라 하셨습니다. 그렇게 하면 대궐은 마마께서 책임지고 안돈시키겠다고 하셨고요."

김관주는 지금까지의 과정을 전부 거꾸로 설명했다. 그러나 속사정을 알 길이 없는 심환지는 그의 설명에 안색이 더없이 굳어졌다.

"왕대비 마마께서 그런 말씀을 하셨다고?"

"그러하옵니다. 그러나 지금 당장은 어떠한 일도 벌이지 말고 은인자중하라고 하셨습니다."

"으음!"

과정은 반대지만 내용은 진실이다. 거기다 은인자중하라
는 말까지 엮으니 모두가 진실로 들렸다.

심환지는 한동안 말을 못 했다.

심환지는 벽파의 영수다.

그래서 국왕의 정무를 수시로 반대해 왔으나 실상은 달랐
다. 김종수가 대외교역을 반대하다 동조했듯, 그도 세자가
주도하는 개혁에 적당히 동조하고 있었다.

그가 알기로 왕대비도 이전과는 다른 행보를 하고 있었다.
그런데 왕대비가 갑자기 과거로 돌아가려 하고 있다.

심환지가 핵심을 짚었다.

"이번 일의 이후를 생각하고 있나?"

이전이라면 바로 답을 하기 곤란한 질문이다.

그러나 김관주는 주저 없이 대답이 나왔다.

"그러하옵니다. 그래서 왕대비 마마께서 대감을 찾아뵈라
하신 것이옵니다."

"으음!"

심환지가 거듭 침음했다.

심환지와 김관주는 경화 사족 명문 출신이다. 그러나 지금
까지의 삶은 거의 반대였다.

심환지의 나이는 70이다.

그는 급제가 늦어 마흔두 살에 겨우 등과했다. 이후 강직한 성품으로 몇 차례 유배를 당했으나 승승장구하다 70살에 좌상이 되었다. 대기만성의 전형이라고 할 수 있다.

거기다 벽파의 영수였기에 최고의 영달을 누리고 있었다.

반면 김관주의 나이는 57이다.

그는 스물네 살에 급제했다. 심환지에 비해 무려 18년이나 빨랐다.

그는 육촌 누이인 왕비의 후광으로 처음에는 승승장구했다. 그러나 이런 영광은 오래지 않았다.

1772년, 심환지가 급제한 다음 해, 홍봉한을 탄핵하다 유배형에 처해졌다. 이때부터 20년 넘게 국왕의 노골적인 배척을 당해 백수로 지내야 했다.

그러다 7년 전 겨우 현감에 재임되었다.

오랫동안 배척되었던 급제자에게 현감은 너무도 미관말직이었다. 그러다 지난해에야 정3품 첨지중추부사가 되었으나 이름뿐인 자리였다.

그의 삶은 용두사미의 전형이었다.

이렇듯 두 사람은 너무도 다른 삶을 살아왔다. 그렇다고 해서 김관주가 어렵게 살지는 않았다.

벼슬이 낮거나 백수였어도 그는 왕대비 가문을 대표했다. 그래서 심환지도 그를 예우했으며, 누구보다 강성이어서 당파에서의 입지도 상당했다.

심환지가 마침내 입을 열었다.

"김 첨지사의 말이 맞네. 지금의 상황이라면 마땅히 이후의 일을 고민해야지."

정치는 생물이다. 그래서 상황이 언제 어떻게 변할지 누구도 장담할 수 없다.

심환지는 벽파의 영수였지만 실제는 국왕과는 허물없이 가까웠다. 그런데 국왕이 내일을 장담할 수 없게 되었다.

그런 국왕을 무조건 따르기에는 벽파의 영수란 자리가 너무 무거웠다. 심환지도 이미 가진 권력을 그냥 내려놓고 싶지 않았다.

김관주의 얼굴이 환해졌다.

"잘 생각하셨사옵니다. 우리에게는 우리의 길이 있고, 주상 전하께서는 그분의 길이 따로 있지 않겠사옵니까?"

대놓고 국왕과 다른 길을 가자 했다.

그런 김관주의 주장을 심환지도 동조했다.

"그렇지. 사람이란 각자의 길이 따로 있지."

"맞습니다. 대감, 지금 당장은 아니어도 나중에 따로 왕대비 마마를 만나 보십시오."

김관주가 노골적으로 왕대비를 끌어들였다. 그것을 심환지가 바로 받아들였다.

"알겠네. 때를 봐서 그렇게 하겠네."

"소인도 우리 벽파가 대감의 뜻을 좀 더 잘 받들도록 움직

개혁군주

여 보겠사옵니다."

"허허! 그렇게 해 주면 나야 고맙지."

두 사람은 서로를 보며 고개를 끄덕였다. 서로 더 이상 말을 하지 않았지만, 서로 무슨 생각을 가졌는지 정도는 너무도 잘 알았다.

두 사람은 70대와 50대다. 그럼에도 두 사람의 눈에는 숨기지 못할 정도로 강렬한 탐욕이 이글거렸다.

이렇듯 국왕의 유고로 시작된 파문이 점점 파장을 넓히고 있었다.

✽

세자는 사흘째 되는 날에도 꿋꿋이 국왕의 옆을 지켰다. 그러면서 지극정성 국왕을 섬겼다.

처음에는 나이 어린 세자가 국왕을 간호하는 걸 모두가 우려했었다. 그래서 모든 사람이 적당히 간호하도록 권유했었다.

세자는 이런 권유를 단호히 거부했다. 그러고는 꿋꿋이 국왕의 옆자리를 지켜 왔다.

처음에는 우려하던 시선이 시간이 지날수록 놀라움으로 변했다. 열 살의 세자가 조금의 나태함도 없이 너무도 능숙하게 국왕을 간호했기 때문이다.

이렇게 되니 세자를 바라보는 시선이 더한층 따뜻해졌다.

하지만 세자는 주위의 시선을 의식해서 이런 행동을 하는 게 아니었다.

세자는 하나의 걱정 때문에 국왕의 옆자리를 지키고 있었다. 그 걱정은 바로 암살이었다.

이전 시대 국왕은 종기로 급서했다. 그런데 국왕의 시약 과정이 너무도 이상했었다.

국왕은 풍채가 크고 열이 많으며 성격이 급하다.

또한 국왕은 의료 지식이 상당했다.

의료 지식을 쌓게 된 까닭은 암살 위협에서 벗어나기 위한 노력의 결과다. 그래서 국왕은 인삼이 자신의 몸에 맞지 않다는 걸 잘 알고 있었다.

그래서 탕약에 인삼 사용을 금지시켰다. 이런 사실은 조정 중신이면 누구나 알고 있었다.

그런데 서거하기 직전에 갑자기 인삼차가 등장한다. 여기에 국왕의 체질과는 상극인 인삼을 주원료로 하는 탕약까지 등장한다.

누구의 지시가 있었는지, 아니면 의도가 있는 시도인지 모른다. 어쩌면 기존의 시탕으로는 어쩔 수 없어서 극약처방을 내렸는지도 모른다.

물론 지금 상황은 그때와는 다르다. 그러나 오회연교의 충격은 다르지 않았다. 그래서 세자는 항상 자리를 지키면서 시음 시탕을 했다.

개혁군주

세자가 이렇게 솔선하니 주변이 달라졌다. 내의원의 의관과 제조들은 극도로 신경을 써가면서 음식과 약재를 관리했다.

음식과 탕제의 재료도 먼지 하나 빠트리는 일 없이 철저하게 관리했다. 혹시나 국왕에게 문제가 생겼을 때의 책임 소재를 분명히 하기 위함이었다.

이 모두가 세자로 인한 긍정의 효과였다.

그러나 안타깝게도 국왕은 이날도 깨어나지 않았다.

국왕이 혼절하고 사흘이 되면서 한양 전체가 술렁였다. 사람이 모이는 곳이면 국왕을 걱정하는 우려의 소리가 넘쳐 났다.

❀

피마길.

육조거리에는 말을 타는 고관들이 많이 지나다닌다. 길을 가던 백성들은 고관들이 말을 타고 지나가면 그 자리에 부복해야 했다.

이런 불편함을 겪지 않기 위해 백성과 하급 관리들은 육조 거리의 뒤로 다녔다. 그렇게 길이 만들어졌으며, 말을 피한다 해서 이름이 피마길이다.

육조거리에는 주요 관청이 몰려 있다.

관청 주변에는 으레 음식점과 주점이 생기기 마련이다. 그래서 이 길의 좌우에는 음식점과 주막이 줄지어 들어서 있고, 백성들이 자주 찾는다.

주막 마당마다 평상이 몇 개씩 놓여 있었다. 그런 평상에서 술을 마시던 백성이 행인을 불렀다.

"어이! 김 서방, 이리 와서 탁주 한 사발 들고 가게."

등짐을 지고 가던 행인이 반색을 했다.

"아이고, 형님이 여기는 어쩐 일입니까?"

"하하하! 한양에 들어온 장용영에 소금이 급히 필요하다고 해서 한 마차 납품하고 오는 길이라네. 그런 자네는 어인 일인가?"

행인이 내려놓은 등짐을 가리켰다.

"저는 북촌 김 대감 댁에 염장해산물을 가져다드리던 길이었습니다."

"아! 그런가?"

소금장수가 사발에 막걸리를 따랐다.

"날이 점점 더워지는 게, 장마가 시작될 거 같아."

"그러게 말입니다. 아침저녁으로도 날씨도 후텁지근한 게, 형님 말대로 곧 시작되겠습니다."

소금장수가 목소리를 낮췄다

"그런데 대궐에서 새로 나온 소식은 없나?"

생선장수가 고개를 저었다.

"제가 들은 건 없습니다."

"오늘도 세자 저하께서는 여전히 주상 전하의 곁을 지키고

개혁군주

계시고?"

"예, 그런 것으로 알고 있습니다."

"이야! 세자 저하의 효심이 참으로 대단하구나. 보령이 겨우 열 살이신 분이 지극정성이셔."

"그 효심이 하늘에 닿아, 빨리 전하께서 쾌차하셔야 하는데 말입니다."

소금장수가 장담했다.

"분명 그렇게 될 거야."

이때, 다른 평상에 앉아 있던 사내가 거들었다.

"맞습니다. 세자 저하의 효심 때문에라도 주상 전하께서는 반드시 일어나실 것입니다."

이곳저곳에서 동조하는 소리가 들렸다.

그것을 본 생선장수가 일어나 절을 했다.

"소인은 보시다시피 생선을 파는 보부상입니다. 우리 보부상을 대신해 여러분께 감사 인사를 드립니다."

손님 중 하나가 소리쳤다.

"일부러 감사 인사를 할 필요가 없어요! 보부상들도 그렇지만, 우리 백성 중에서 주상 전하와 세자 저하를 믿고 따르지 않는 사람이 없소이다."

"옳소."

"맞아요."

술자리에서는 종종 현실을 비판한다. 그러다 보면 염량세

태(炎凉世態)를 욕하거나 조정 정책에 대한 불만을 토로하기도 한다.

그래서 지금까지는 조정에서 사람이 많이 모이는 걸 극력 경계해 왔다. 그런데 놀랍게도 주막에 있는 사람들은 한마음으로 세자를 지지하고 있었다.

소금장수가 소리쳤다.

"여러분! 고맙소이다. 저하께서도 여러분들의 말씀을 들으면 더 힘을 내실 거요. 주모! 여기 있는 손님들께 탁주 한 사발씩 돌리시오."

"예, 알겠어요."

손님 중 하나가 소리쳤다.

"어이쿠! 고맙소이다."

"별말씀을 다 하십니다. 저하를 믿고 따라 주시니 우리가 오히려 고맙지요."

"역시 보부상의 주인은 세자 저하시군요."

소금장수가 손사래를 쳤다.

"아닙니다. 우리의 주인은 주상 전하시고, 그런 전하를 대신해 저하께서 이끌고 계신 것이지요."

"하하하! 그 말씀이 맞소이다."

소금장수가 잔을 들었다.

"자! 주상 전하의 쾌유를 빌면서 한잔 드시오."

"고맙습니다."

이러한 백성들과 달리 북촌은 긴박하게 움직였다. 국왕이 쓰러지고 사흘이 되면서, 대낮부터 유력 집안으로 수시로 사람이 드나들었다.

❀

이날 오후.

심환지가 왕대비전을 찾았다. 그가 찾아 올 것을 알고 있던 지밀상궁이 몸을 숙였다.

"어서 오십시오, 대감."

"그대가 김 상궁이라고 했었지? 그동안 잘 지냈는가?"

김 상궁이 고마워했다.

"하찮은 소인을 기억해 주셔서 감읍하옵니다."

"무슨 말을. 왕대비 마마를 지근에서 모시는 사람을 누가 하찮게 보겠나. 그런 말씀 말게."

최고 품계인 상신(相臣)이 정5품 상궁에게 하대하지 않는다. 왕대비를 직접 모시는 지밀상궁의 위치가 그만큼 대단하다는 의미다.

심환지의 말에 김 상궁이 거듭 몸을 숙였다. 그런 그녀의 입꼬리가 슬쩍 올라가 있었다.

"김 상궁의 사가가 어디인가?"

상궁의 눈이 커졌다. 심환지가 자신의 사가를 묻는 의도가 무엇인지 대번에 알아챘기 때문이다.

"남산 밑이옵니다."

"오! 한양에 본가가 있구나."

"그러하옵니다."

"잘되었네."

심환지가 목소리를 낮췄다.

"일간 우리 집으로 사람을 보내게."

김 상궁의 목소리도 자연 낮아졌다.

"그렇게 하겠습니다."

대답을 한 김 상궁이 몸을 돌렸다.

"왕대비 마마, 좌상 대감께서 오셨사옵니다."

"오! 어서 모시도록 해라."

"오르시지요, 대감."

"고맙네."

심환지가 전각으로 들어갔다. 그렇게 안으로 들어간 그는 한참이 되어서야 나왔다.

밖으로 나온 그가 김 상궁을 바라봤다.

"앞으로 자네가 많이 도와주어야겠네."

"소인은 오직 왕대비 마마를 따를 뿐입니다."

심환지가 고개를 끄덕였다.

"그래야지. 그래서 내 당부를 하는 거라네."

"명심하겠사옵니다."

"어험!"

헛기침과 함께 심환지가 돌아갔다.

심환지를 배웅한 김 상궁은 허리를 폈다. 그리고 심환지가 경내를 빠져나갈 때까지 기다렸다 몸을 돌렸다.

"마마, 소인입니다."

왕대비의 대답이 들렸다.

"들어오너라."

김 상궁이 전각으로 들어갔다. 그렇게 들어간 김 상궁은 한참이 지나서도 나오지 않았다.

❈

날이 어두워졌다.

해가 지면서 편전에도 불을 켰다.

대궐에서는 밀랍으로 만든 초를 켰다. 밀랍 양초는 은은한 향이 나서 좋지만 밝기에는 한계가 있다.

유리가 보급되면서 호롱이 대궐에 전면 보급되었다. 넓은 편전에는 다른 데와 달리 호롱 몇 개를 엮은 형태가 배치되어 있었다. 덕분에 방 안은 이전과는 비교할 수 없을 정도로 밝았다.

그러나 국왕을 바라보는 세자의 얼굴은 더없이 어두웠다.

세자는 불안했다.

'아바마마께서 쓰러지신 지 벌써 사흘째다. 왜 이렇게 정신을 차리지 못하시는 걸까? 지금은 본래 종기가 화근이 되어 돌아가셨을 때다. 그런데 지속적인 보살핌으로 이전과는 비교할 수 없이 건강해지셨다. 그런데도 업무 스트레스로 정신을 잃으셔서 깨어나지를 않으신다. 이거 혹시, 달라진 명운에 대한 반작용 때문인 건가?'

세자가 고개를 저었다.

'아니야. 그럴 리가 없어. 아무리 내가 설명할 수 없는 일로 여기에 왔지만, 반작용 때문은 아닐 거야.'

이렇게 아니라는 생각을 하면서도 불안했다. 세자는 머릿속에 스며드는 불안감을 없애려 몇 번 더 머리를 흔들었다.

그것을 본 영의정 이병모가 권했다.

"저하! 많이 피곤해 보이시옵니다. 신들이 자리를 지킬 터이니 이만 돌아가서 쉬십시오."

"아니에요. 아직 견딜 만해요."

좌의정 심환지도 거들었다.

"영상 대감의 말씀대로 하시지요. 이런 황망한 마당에 저하께서도 건강에 이상이 생기시면 큰일이옵니다. 그러니 여기는 신 등에게 맡겨 주시고 돌아가서 쉬세요. 이른 새벽부터 지금까지 너무 오래 앉아만 계셨사옵니다."

그의 말이 끝나기 무섭게 왕실 종친들도 거들고 나섰다.

세자는 거듭해서 청원하는 사람들을 돌아보다 결국 고개

를 끄덕였다.

"알았어요. 그러면 나는 이만 돌아가 쉴 터이니, 아바마마께서 깨어나시면 즉시 알려 주어야 해요."

"예, 저하."

세자는 거듭해서 다짐을 받고 나서야 일어났다. 그런데 너무 오래 앉아 있었던 탓에 다리가 풀렸다.

휘청!

"저하!"

"세자 저하!"

그 모습을 본 대신들과 왕실 종친들이 대경실색했다.

김 내관의 부축을 받고 몸을 세운 세자가 손을 들었다.

"괜찮아요. 오래 앉아 있어서 다리가 조금 풀렸을 뿐이에요."

이병모가 나섰다.

"저하! 걷기가 힘드시면 김 내관의 등에 업히시옵소서."

"아니에요. 지금 같은 때 저까지 병자가 될 수는 없어요. 그러니 제 발로 걸어서 갈게요."

세자가 꿋꿋하게 걸어 나갔다. 그런 세자를 본 사람들은 하나같이 고개를 끄덕였다.

편전을 나온 세자는 동궁으로 넘어갔다. 그렇게 돌아온 세자는 바로 눕지 않았다.

"김 내관, 백 여단장과 좌익위를 불러줘."

김 내관이 걱정했다.

"저하! 오늘은 하루 종일 움직이시지도 않았사옵니다. 이런 날은 잠시 업무를 쉬시는 게 좋지 않겠사옵니까?"

"아니야. 이런 때일수록 내가 흐트러지면 안 돼. 그러니 가서 두 사람을 불러와."

"예, 저하."

잠시 후.

김 내관이 두 사람을 불렀다.

"어서들 오세요."

인사를 마친 이원수가 걱정했다.

"온종일 병상을 지켰다는 말을 들었습니다. 저하께서는 이제 혼자 몸이 아니십니다. 하오니 부디 자중자애하시옵소서."

백동수도 거들었다.

"그러하옵니다. 만백성이 저하를 우러르고 있사옵니다."

"몸은 괜찮으니 너무 걱정하지 마세요. 그보다 바깥 사정에 대해 듣고 싶어요."

두 사람은 번갈아 가며 한양에 대한 분위기와 정보를 전달했다. 이어서 김 내관도 왕대비전의 움직임을 상세히 보고했다.

세자가 침음했다.

"으음! 벽파가 힘을 합쳤다는 말이군요."

이원수가 대답했다.

"그러하옵니다. 특히 왕대비 마마를 등에 업은 경주 김씨 집안이 문제입니다. 왕대비 마마의 형제들이 주변의 시선을 의식하지도 않고 돌아다니고 있사옵니다."

백동수가 씁쓸해했다.

"착잡하네요. 주상 전하께서 정신을 잃으신 지 사흘이 되니, 사특한 생각을 하는 자들이 준동하는 거 같습니다."

"예. 오늘은 북촌이 대낮부터 바쁘게 움직였다고 합니다."

세자는 가슴이 답답했다.

생각 같아서는 모조리 잡아들이고 싶었다. 그러나 개인적인 사감으로 그렇게 할 수는 없었다.

"후!"

이원수가 위로했다.

"주상 전하께서는 반드시 쾌차하실 것이옵니다. 그러니 너무 일희일비하지 마시옵소서."

"알겠어요. 하지만 경계의 끈을 절대 놓으면 아니 됩니다. 지금 같은 시기에는 무슨 일이 벌어질지 모릅니다."

"명심하겠습니다."

세자가 진심으로 고마워했다.

"두 분과 외숙은 저에게 천군만마나 다름없습니다. 지금까지도 그래 왔지만, 앞으로도 저를 많이 도와주세요."

두 사람은 감격한 표정을 지었다. 그러고는 누가 먼저라 할 것도 없이 맹세했다.

이원수가 먼저 나섰다.

"믿어 주셔서 감읍하옵니다. 저하를 위해서는 소인의 목숨도 아깝지 않사옵니다."

백동수도 다짐했다.

"소인을 발탁하고 이끌어 주신 분은 세자마마십니다. 그런 세자마마는 처음부터 신의 주군이셨사옵니다. 소인은 죽는 그 날까지 오직 주군을 위해 살아갈 것입니다."

맹세를 받은 세자는 말 없이 고개를 끄덕였다. 그런 세자의 표정에는 신뢰만이 한가득했다.

이날 밤.

북촌은 낮보다 더 많은 사람이 돌아다녔다. 그런 움직임은 이원수와 백동수가 보낸 사람들에 의해 하나도 빠짐없이 감지되었다.

🌸

다음 날이 되었다.

이날 새벽, 국왕이 드디어 정신을 차렸다.

"으음!"

"아바마마!"

"전하! 정신이 드시옵니까?"

국왕은 머릿속이 울리며 깨질 듯 아픈 두통으로 눈을 뜰 수가 없었다. 그런 와중에도 세자의 목소리는 또렷이 들렸다.

"세자야!"

"예, 아바마마!"

"어떻게 된 게냐?"

"정무를 보시던 중 혼절하셨다가 나흘 만에 깨어나셨습니다."

국왕이 놀랐다.

"나흘이라고?"

"예, 아바마마."

"으음! 상선은 어디 있느냐?"

상선이 울먹이는 목소리로 대답했다.

"소인 여기 있사옵니다."

"일어나고 싶구나. 과인을 부축해다오."

내의원의 의관이 만류했다.

"전하! 오래 누워계셨다 바로 일어나시면 담이 들 수가 있사옵니다. 그러니 잠시 누워서 몸을 추스르고 일어나시옵소서."

세자도 동조했다.

"그렇게 하세요. 며칠 동안 굳어 있던 몸을 바로 움직이면 탈이 나옵니다."

세자까지 권하고 나오자 국왕도 이내 동의했다.

"그렇게 하마."

"상선은 아바마마의 몸을 주물러 드리도록 하세요. 되도록 부드럽게 주물러야 합니다."

왕의 옥체에 손을 대는 건 금기다. 허나 세자가 나서서 안마해 주라고 하니 상선도 거부하지 않았다.

"그렇게 하겠사옵니다."

상선이 조심스럽게 움직였다. 그렇게 한동안 굳은 몸을 풀고, 준비된 미음을 어느 정도 먹은 국왕의 안색은 한결 나아졌다.

국왕이 편전을 둘러봤다. 방 안에는 상신들과 왕실 종친, 그리고 내의원 의관이 들어와 있었다.

"다들 과인 때문에 고생이 많다."

영의정 이병모가 대표로 몸을 숙였다.

"신들보다 세자 저하께서 참으로 애를 쓰셨사옵니다. 저하께서는 누워 계신 동안 하루도 빠짐없이 병상을 지키셨사옵니다."

왕이 세자를 바라봤다.

"힘들게 왜 그랬느냐? 적당히 하지."

"아바마마께서 혼절하셨는데 소자가 어떻게 적당히 할 수 있겠사옵니까?"

"허허허!"

왕은 분명 웃었다. 허나 힘없이 웃는 그 목소리에는 병색이 완연했다.

"다들 고생이 많았소. 과인이 혼자 있고 싶으니 그만들 물러가시오."

내의원 제조 서명보가 황급히 만류했다.

"전하! 이제 막 기운을 차리셨사옵니다. 당분간은 의원의 시중을 받으셔야 하옵니다."

개혁군주

세자도 권했다.

"아바마마, 서 제조 대감의 말씀대로 하시옵소서. 당분간은 의원이 곁에 있는 것이 좋사옵니다."

국왕이 다시 받아들였다.

"세자의 말대로 의원만 남기고 모두 물러들 가시오. 다시 한 번 여러분들의 노고에 감사하오이다."

"황감하옵니다. 전하, 하오면 신들은 이만 물러가겠사옵니다."

"그렇게 하시오."

세자도 일어나려 했다.

그것을 본 국왕이 만류했다.

"세자는 잠시 남아 있도록 해라."

"예, 아바마마."

중신들과 왕실 종친이 인사를 하고는 편전을 나갔다.

국왕은 그들이 나갈 때까지 기다렸다 의원을 바라봤다.

"피 의원!"

국왕이 갑자기 이름을 불렀다. 놀란 피재길(皮載吉)이 황급히 부복했다.

"예, 전하."

"세자와 따로 할 말이 있다. 그러니 잠시 자리를 비켜 주었으면 한다."

피재길은 의가 출신이다.

그의 부친도 고약으로 유명한 종의(腫醫)였다. 그러나 부친이 어려서 죽으면서 글도 배우지 못해 의서도 읽지 못했다.

다행히 어머니가 부친을 도우면서 듣고 익혔던 처방을 배우면서 의원이 되었다. 그래서 처방전으로 만든 고약을 만들어 팔면서 전국을 돌았다.

이런 피재길이 만든 고약은 효과가 뛰어나, 한양의 양반가에서도 부를 정도가 되었다. 그러다 국왕의 종기를 고약인 웅담고로 치료하면서 일약 6품 품계의 내의원이 되었다.

그야말로 벼락출세를 한 것이다. 그래서 그는 늘 국왕을 은인으로 생각하고 살아왔다.

피재길이 서둘러 대답했다.

"신이 잠시 나가 있을 터이니 편히 말씀 나누시옵소서."

"고맙다."

"아니옵니다."

피재길이 나가자 국왕이 상선을 바라봤다. 그 시선을 받은 상선도 바로 몸을 숙이고 나갔다.

모두 나가자 국왕이 세자를 더없이 따뜻한 시선으로 바라봤다. 그러던 국왕은 다 알고 있는 사람처럼 질문했다.

"아비가 누워 있는 동안 많은 일이 있었겠지?"

세자가 놀란 시선으로 국왕을 바라봤다.

국왕이 웃으며 다시 질문했다.

"왜? 이런 질문을 해서 이상하냐?"

"예, 그렇사옵니다."

"네가 많이 노심초사했겠구나."

세자가 고개를 저었다.

"아니옵니다. 그 어떤 일이 일어나도 소자는 두렵지 않사옵니다. 소자가 두려운 건 오직 아바마마께서 계시지 않는다는 것뿐이옵니다."

국왕이 세자의 손을 잡았다. 그런 국왕의 손은 그 어느 때보다 뜨거웠다.

"걱정 마라. 아비는 네가 바로 서기 전까지 절대 잘못되지 않을 거다."

"말씀만 들어도 감읍하옵니다."

"그런데 미안하구나. 네가 지금까지 그렇게 건강을 신경 써 주었는데도, 그 공도 없이 아비가 쓰러졌구나."

"아니옵니다. 지난 그믐 이후 아바마마께서는 너무도 큰 심리적 압박을 받아 오셨습니다. 이번에 쓰러지신 건 그동안 이어진 격무와 심리적 요인이 결정적이었사옵니다."

국왕으로선 처음 듣는 의학적 견해였다.

"심리적 압박이 건강에 관련이 된다는 말이더냐?"

"그러하옵니다. 외상은 상처가 크더라도 처치를 잘하면 치유될 수 있사옵니다. 하오나 심리적 요인으로 인한 긴장감과 압박감은 다르옵니다. 무엇보다 스스로 문제가 있다는 사실을 잘 모른다는 사실입니다. 그래서 방치하기 일쑤이고,

그런 상태가 지속되면 돌연사할 수도 있사옵니다."

국왕의 표정이 심각해졌다.

"아무 병증도 없는데 돌연사할 수도 있단 말이더냐?"

"예, 그래서 만기친람하지 마시고 업무를 각 부서로 이관시키라고 주청드렸던 것이옵니다. 그러니 앞으로는 절대 무리한 정무를 보지 마시옵소서."

국왕이 크게 고개를 끄덕였다.

"허허! 그랬구나. 그래서 네가 그토록 과중한 업무를 보지 말라고 했었구나."

"그러하옵니다. 다행히 지난 몇 년간 많은 업무를 이관하셔서 격무에서는 벗어나셨었습니다. 그런데 지난 그믐부터 심리적 압박이 급작스럽게 증대되셔서⋯⋯."

국왕은 심리적 압박에 따른 스트레스가 얼마나 무서운지 모른다. 그래서 세자의 말을 전부 다 이해하지는 못했다.

하지만 한 가지.

"그래, 맞다. 며칠 전부터 한 번씩 가슴이 갑자기 답답해지고 온몸에 식은땀이 나고는 했었다. 지나고 보니 그런 증세들이 위험신호였나 보구나."

"예, 과도하게 몸을 혹사하지 말라는 신호였을 것이옵니다."

"허허허! 그렇구나."

국왕은 헛웃음을 몇 번 웃었다. 그러면서 뭔가를 생각하던 국왕이 눈을 빛냈다.

외연 확장

"아비는 이번 일을 그냥 넘기지 않을 생각이다."

세자가 깜짝 놀랐다.

"예? 그게 무슨 말씀이옵니까?"

국왕이 세자를 바라봤다.

"과인이 나흘 동안 혼절해 있었다. 그것도 왕권을 강화하겠다는 전교를 내리고 보름 만에 말이야. 과인의 전교를 반대하는 세력으로선 당연히 그 시간을 그냥 넘기지 않았을 게다."

"그래서 많은 일이 있었느냐고 하문하셨던 것이군요."

"그렇다. 네가 비선조직을 운용하고 있었으니 그런 움직임을 포착 못 할 리 없겠지?"

"그렇사옵니다."

"무슨 일이 벌어졌었는지 말해 보아라."

"예, 아바마마."

세자가 그동안 취합된 첩보 내용을 간략히 보고했다.

국왕이 용안을 찌푸리면서 한숨을 내쉬었다.

"후! 안타깝구나. 왕대비 마마께서 욕심을 내려놓으신 줄 알았는데, 그게 아니었구나."

"상황을 종합해 보면 왕대비 마마의 형제분들이 부추긴 것으로 보입니다."

국왕의 표정이 엄해졌다.

"그렇다고 해도 배격하셨어야지. 아무리 형제들이 간곡히 권한다고 해도, 부화뇌동해서 좌상까지 만났다니 참으로 실망이 크다."

세자가 문득 전생의 기억을 떠올렸다.

'맞아. 아바마마와 좌상인 심환지 대감과는 밀찰(密札)을 주고받는 사이였었어.'

"좌상 대감께서 왕대비 마마와 뜻을 같이하겠사옵니까? 좌상 대감은 아바마마와 국사를 누구보다 긴밀히 논의해 온 분이 아닙니까?"

국왕이 고개를 저었다.

"좌상은 뛰어나면서도 냉철하다. 그러기 때문에 벽파의 영수까지 된 것이다. 그런 사람이 어찌 과인과의 사사로운 정리에 연연하겠느냐?"

개혁군주

"국사를 논의해 왔던 일을 어찌 사사롭다 하겠습니까? 좌상께서는 지금까지 국정 현안에 대해 누구보다 긴밀해 협조해 오셨사옵니다."

"그렇기는 하다. 벽파의 영수다 보니 겉으로는 반대를 많이 했지만, 실제는 과인과 보조를 맞춰 왔었지. 허나 벽파의 영수인 그는 당리당략을 생각하지 않을 수 없다. 더구나 왕대비 마마와 함께하겠다고 결정했다면 문제는 심각하다."

"정국이 더 경색될 수 있다는 말씀이군요."

"그럴 수도 있겠지."

이러던 국왕이 의외의 말을 했다.

"어쨌든 지금의 상황이 나쁘지 않다. 아니, 위기로 보이지만 실상은 더없이 좋은 기회다."

세자가 어리둥절했다.

"예? 위기가 아닌 기회라고요?"

"잘 생각해 봐라. 이미 오회연교를 반포한 상황이다. 그래서 지금까지 과인을 잘 따르던 시파마저 주춤해 있는 상황이다. 그런데 지난 나흘간 벽파의 일부와, 그동안 정무에서 배제되었던 왕대비 마마의 척족들이 뭉쳤다. 그러고는 세를 급격히 불렸을 거다. 그런데 아비가 정신을 차렸다. 그것도 멀쩡히 말이야. 이러면 어떻게 되겠느냐?"

세자의 머릿속이 분주히 움직였다.

"경주 김씨와 그들을 따르려던 무리가 전전긍긍하겠네요.

아울러 좌상 대감도 심리적으로 크게 불안할 것이고요."

"그렇지. 그들 모두 과인이 유고 될 것을 가정해 움직였을 거다. 그런데 과인이 별문제가 없다는 소식은 청천벽력이나 다름없겠지. 그러면 그들은 어떻게 행동할 거 같으냐?"

세자의 머릿속이 번쩍했다.

'아! 아바마마께서 지금 나에게 정치를 가르치려 하시는구나.'

이런 생각을 하느라 대답이 주춤했다.

그런 세자를 본 국왕이 빙그레 웃었다.

"네 생각이 맞다. 지금 아비는 당금의 상황을 놓고 정치적인 판단을 가르치고 있는 거다. 공보야."

세자가 깜짝 놀랐다. 그동안 한 번도 부르지 않았던 자(字)를 국왕이 부른 것이다.

"예, 아바마마."

"우리는 평생, 행동 하나 생각 하나도 정치적인 고려를 해야 한다. 너는 지금까지 아비가 알려 주지 않아도 알아서 잘해 왔다. 허나 지금은 다르다. 지난 그믐의 교시는 그저 적당히 넘어갈 사안이 아니다. 그래서 조정도 바짝 긴장하고 있는 거다."

세자가 처음으로 문제를 지적했다.

"소자는 아바마마의 뜻을 누구보다 받들 것이옵니다. 하오나 아쉬운 점은 오회연교가 너무도 급작스럽게 나왔다는

개혁군주

점이옵니다. 그러지 않고 준비가 보다 철저했다면 지금의 상황은 초래되지 않았을 것이옵니다."

국왕도 인정했다.

"네 지적이 옳다. 하지만 이미 저질러진 일을 되돌릴 수는 없는 일이 아니겠느냐?"

"그건 그렇사옵니다."

"그리고 아비가 쓰러진 것이 오히려 전화위복이 되었구나. 일부러 찾지 않아도 과인의 뜻을 따르지 않으려는 자들이 알아서 움직였으니 말이다."

"아!"

"더구나 그런 자들을 찍어 낼 명분까지 얻게 되었으니 금상첨화가 아니겠느냐."

잠시 생각하던 세자가 진언했다.

"아바마마의 말씀이 옳사옵니다. 하오나 잠시 시간을 더 두고 보는 게 좋지 않겠사옵니까?"

"당연히 그렇게 해야지. 시간이 지날수록 저들의 불안감은 배가될 거다. 그러다 보면 분란도 생길 터이고, 혹여 나쁜 생각을 먹는 자들도 나올 수가 있을 터이고."

세자가 고개를 끄덕였다.

"그렇게 될 가능성이 높사옵니다."

국왕의 목소리가 낮아졌다.

"그래서 지금부터 네가 해 주어야 할 일이 있다."

국왕의 지시는 한동안 이어졌다. 세자는 몇 번이고 고개를 끄덕이며 지시를 경청했다.

국왕과 밀담을 나눈 세자가 편전을 나왔다. 상선이 급히 다가왔다.

"동궁으로 가시려고 하옵니까?"

"예. 아바마마께서 혼자 쉬고 싶다고 해서요."

이러면서 피재길과 상선에게 당부했다.

"아바마마의 기력이 많이 쇠하셨어요. 그러니 상선 영감과 피 의원이 잘 보살펴 드리세요."

"명심하겠사옵니다."

동궁으로 돌아온 세자가 이원수와 백동수를 불렀다. 그리고 은밀히 지시 사항을 전달했다. 지시를 받은 두 사람은 인사를 하고 나갔다.

세자가 김 내관을 불렀다.

"외숙께 말씀드려서 내일 화란상인 시몬스를 입궐하라고 해 줘."

"예, 저하."

❀

다음 날.

세자가 아침 문안을 갔을 때, 국왕은 전날보다 훨씬 기운을 차리고 있었다. 그렇게 왕실 어른들에게 인사를 드리고 동궁으로 돌아오니, 얼마 지나지 않아 시몬스가 입궐했다.

"어서 오세요."

"오랜만에 뵙습니다, 저하."

"오오! 이제는 우리말을 쓰는 데 전혀 어려움이 없군요."

"조선과 교역한 지 벌써 몇 년입니까? 당연히 이 정도는 해야지요."

"그렇군요. 보고서를 보니 중개무역 물량이 지난번보다 훨씬 늘어났더군요."

"교역 물품이 전쟁물자로 공급되었기 때문입니다. 덕분에 막대한 수익을 거둘 수 있었습니다."

"그렇다는 보고는 받았습니다."

시몬스가 질문했다.

"저하! 여쭙고 싶은 일이 있습니다."

"말씀해 보세요."

"조선은 무역으로 많은 수익을 거두고 있습니다. 그런 귀국의 무역은화가 급속히 보급되고 있다는 말을 들었습니다. 그러면서 멕시코은화를 빠르게 사라지고 있고요. 이게 어떻게 된 일입니까? 혹시 귀국이 일부러 만들어 낸 상황입니까?"

세자가 처음으로 인정했다.

"역시 그대의 감은 놀랍군요. 맞습니다. 나는 우리 은화로 멕시코은화를 대체할 생각이에요. 그래서 지난 몇 년간 지속적으로 멕시코은화를 우리 은화로 재가공하는 중입니다."

시몬스가 깜짝 놀랐다.

"멀쩡한 은화를 녹여서 다시 만든단 말입니까?"

"그래요. 그래서 지금 멕시코은화가 우리 은화로 급속히 대체되는 중이지요."

"으음! 놀라운 일이군요. 그렇게까지 하실 필요가 있습니까?"

세자가 정색했다.

"나는 우리 무역은화가 이 지역 무역 거래의 기본 화폐가 되었으면 합니다. 지금의 멕시코은화처럼 말이지요."

시몬스가 고개를 갸웃했다.

"바뀐다고 해서 실익이 있겠습니까?"

"지금 당장은 없어요. 하지만 이대로 10년 정도가 지나면, 그때는 사정이 달라질 겁니다."

"……어떻게 달라진다는 건지 솔직히 저는 모르겠습니다."

"우선은 본국이 추진하고 있는 개혁이 그때쯤이면 분명한 성과를 드러내게 될 겁니다. 그리고 대외 교역이 지금과 같은 추세로 진행된다면 우리 상무사는 막대한 자본을 축적하게 될 것이고요."

이 말에는 시몬스도 동조했다

"그 말씀은 맞습니다. 이대로 신제품이 지속해서 생산된다면 상무사는 동양 제일은 물론, 유럽에서도 손꼽히는 회사가 될 것입니다."

개혁군주

"그렇게 자산이 많아지면 무역은행도 설립하려고 합니다."

시몬스가 다시 놀랐다.

"무역은행이요?"

"그렇습니다."

세자가 무역은행의 활동 계획을 설명했다.

설명을 들은 시몬스가 입을 딱 벌렸다.

"무역은행이 유럽과 신대륙에 대규모 투자를 한다는 발상이 기발하군요. 지금까지 동양에서 이런 계획을 세웠다는 말은 들어 본 적이 없습니다. 유럽에서 이런 사실을 알면 크게 놀랄 것입니다."

세자가 웃었다.

"하하하! 투자하는데 지역이 무슨 상관이 있겠습니까? 투자처만 좋고 회수가 확실하다면 어디든 해야지요. 무역은행은 장기적이고 안정적인 수익이 목표여서, 투자를 받는 회사나 개인들도 충분히 만족할 겁니다."

"장기 투자를 염두에 두고 계신다면 나라에 투자를 할 수도 있겠습니다."

세자가 슬쩍 발을 뺐다.

"차관 형태라면 가능하겠지요. 하지만 국가를 상대하려면 그만큼 자본이 많아야 해서, 상당 기간은 그렇게 하기 어려울 겁니다."

"어쨌든 대단한 계획입니다. 계획대로 무역은행이 설립된다면 우리 화란양행은 최초의 고객이 될 것을 약속드립니다."

"하하하! 고마운 말씀이네요. 화란양행이라면 언제라도 환영합니다."

"감사합니다."

"그런데 본국의 무역은화에 대해 영국과 프랑스의 반응은 어떠하던가요?"

"별다른 말은 없습니다. 오히려 조선의 무역은화가 정량인 점을 높이 사면서 거래에 적극 활용하는 중입니다. 아! 그리고 조선에 은광이 많은지에 대한 관심이 많았습니다."

"다행이군요. 그리고 오늘 뵙자고 한 건 다른 이유가 있습니다.

시몬스가 정색을 했다.

"말씀하십시오."

"처음 우리와 맺은 상무협정을 기억하십니까?"

"당연히 잘 알고 있지요. 그런 상무협정을 거론하신 이유가 있습니까?"

"그렇습니다. 우리 상무사는 이제부터 본격적인 해외 개척을 시작하려고 합니다."

시몬스가 반색을 했다.

"그거 참 반가운 말씀이네요."

"예. 그래서 먼저 화란양행과 함께 뉴홀란트의 북부 지역에 진출했으면 합니다."

홀란트는 네덜란드의 다른 이름이다.

호주는 처음 스페인과 네덜란드의 탐험가에 의해 발견되었다. 그래서 네덜란드에서는 호주를 뉴홀란트라 부르고 있었다.

생각지도 않은 제안에 시몬스의 눈이 커졌다.

"구태여 그 지역으로 진출할 필요가 있습니까?"

"왜요? 영국 때문에 불편하세요."

"솔직히 그렇습니다."

영국은 미국 독립전쟁에서 패하면서 새로운 유배식민지를 건설하기로 했다. 그 일환으로 1788년 호주 남부에 1,500명이 처음 이주하면서 죄수와 이민자의 정착이 시작되었다.

세자가 자리에서 일어나서는 한쪽 벽으로 다가갔다. 그런 뒤 벽에 드리워진 천을 한쪽으로 밀었다.

시몬스의 입에서 탄성이 터졌다.

"아! 세계지도로군요."

"그래요. 화란양행의 도움으로 본국은 대양함대를 출범할 수 있었습니다. 그런 대양함대는 해양 훈련을 겸해 태평양 일대를 누비고 다녔습니다. 그러면서 지도 제작에 중점을 두었고요."

세자가 네덜란드와 교류하면서 가장 먼저 세계지도를 받았다. 그런 지도에는 호주 대륙이 제대로 나와 있지 않았다.

세자가 호주 대륙을 짚었다.

"지난 3년여간 대양함대는 특히 이 지역을 면밀히 탐사해 왔습니다. 그래서 이와 같은 지도를 작성하게 되었지요. 물론 아주 정확하지는 않아요. 그러나 지금까지 작성된 어떤 지도보다 정확하다고 자부합니다."

시몬스는 어안이 벙벙했다.

"정녕 뉴홀란트가 저렇게 큰 섬입니까?"

"섬이라고 부르기에는 너무 크지요. 대략의 크기가 인도 보다 두 배 이상 넓으니까요. 그래서 나는 대륙이라고 부릅 니다."

시몬스의 눈이 더 커졌다.

"놀랍군요. 뉴홀란트가 그렇게나 넓을 줄 몰랐네요. 그 정 도의 크기라면 대륙으로 불리어도 손색이 없겠네요."

세자가 호주의 동쪽 아래를 짚었다.

"영국이 진출한 지역은 바로 이곳 대륙의 동남부 일대에 불 과합니다. 이 대륙은 워낙 넓어서 우리가 북부와 서부 지역으 로 진출한다고 해도 충돌이 발생할 경우는 거의 없습니다."

지도를 바라보던 시몬스가 질문했다.

"그 지역으로 진출하려는 것은 식민지를 개척하려는 의도 입니까?"

"식민지 개척도 계획에는 들어 있습니다. 그러나 그보다 는 지하자원을 선점해 두려는 의도가 더 많습니다."

화란양행은 상무사와 방카섬에서 주석 광산을 공동 운영

하고 있었다. 거기서 큰 수익을 얻고 있었기에 세자의 계획에 즉각 반응했다.

"자원 개발이라면 저희도 참여하겠습니다. 그런데 인부들 수급은 귀국에서 하실 겁니까?"

"아닙니다. 우리는 관리자들만 보낼 것이니, 화란양행에서 바타비아 원주민들을 채용해 주었으면 합니다. 인도에서 인부를 공급받아도 좋고요."

시몬스가 그대로 수용했다.

"그렇게 하겠습니다. 그러면 지분 비율과 개척 사업은 언제부터 시작하면 되겠습니까?"

"화란양행이 준비되는 대로 선발대를 보내기로 하지요. 지분 비율은 실무 협상에서 정리하시고요."

"그렇게 하겠습니다."

세자가 박종보에게 지시했다.

"외숙께서는 실무 협상을 주관해 주세요."

"알겠습니다."

"그리고 부탁이 하나 더 있습니다."

시몬스가 웃었다.

"하하하! 저하께서 오늘따라 주문이 유난히 많습니다."

세자가 인정했다.

"맞아요. 지금까지는 내실을 다지기 위해 노력해 왔어요. 다행히 그런 노력이 결실을 거두고 있어서, 이제부터는 본격적으로 외연을 확장하려고 해요."

시몬스가 적극 동조했다.

"잘 생각하셨습니다. 유럽이 전화에 쌓여 있는 지금이 외연 확장의 최적기입니다."

"그 일환으로 제주에다 전함 건조를 위한 조선소를 건설하려고 합니다."

"본토가 아니고 제주에다가 조선소를 건설하시겠다고요?"

"칼리만탄에서 목재 수송이 쉽고 외부의 시선도 차단할 수 있어서요."

시몬스가 바로 알아들었다.

"아! 청국과의 마찰을 피하려는 거군요."

"그래요. 그리고 조정의 관심에서도 벗어날 수 있고요."

"상무사가 바타비아 조선소 지분의 절반을 갖고 있으니, 제주의 조선소 설립은 문제가 없을 겁니다. 필요한 기술이나 인력은 적극 지원하겠습니다."

"고맙습니다. 그리고 또 하나."

세자가 태평양의 한 가운데를 짚었다.

"여기가 괌이란 것은 아시지요?"

"물론입니다. 우리 상단도 자주 이용하는 섬이니 당연히 잘 알고 있지요."

세자가 주재를 바꿨다.

"유럽 각국의 현재 상황을 상세히 알고 싶네요."

*개혁군주*

시몬스의 설명이 시작되었다. 그의 설명에 세자는 추임새까지 넣으며 집중했다.

"나폴레옹이 결국 프랑스를 장악하게 되었군요."

"그렇습니다. 불과 서른이란 나이로 프랑스의 통령이 된 것이죠. 그가 통령이 되면서 유럽 각국에 강화를 제의했었습니다. 그러나 연합국이 이를 거절하면서 유럽 전체가 전쟁 상황에 돌입하게 되었습니다."

"지금쯤 전쟁이 벌어졌겠네요."

"그럴 겁니다. 제가 떠날 때의 나폴레옹이 오스트리아 침공을 준비한다고 했으니까요."

"그렇군요."

이런 세자가 의외의 제안을 했다.

"우리 상무사는 괌이 포함된 마리아나제도를 스페인으로부터 매입하고 싶습니다. 이 거래를 화란양행이 중개해 주었으면 합니다."

시몬스가 깜짝 놀랐다.

"괌은 스페인의 남미 영토와 필리핀을 잇는 요충지입니다. 그런 괌을 스페인이 매각할 리가 없습니다."

"아무래도 그렇겠지요?"

"예. 죄송하지만 이 제안은 받아들이기 어렵습니다."

"그러면 이렇게 해 보세요. 처음에는 괌을 포함한 마리아나제도 매각을 제안하는 겁니다. 그러다 스페인이 반대하면 괌을 제외한 나머지 마리아나제도의 매각을 제안하세요. 그러면 스페인도 쉽게 동의할 겁니다."

시몬스가 고개를 갸웃했다.

"스페인이 매각에 쉽게 동의해 줄까요?"

"그럴 가능성이 큽니다. 괌을 제외한 마리아나제도는 지금 전부가 무인도입니다."

"아! 그렇습니까?"

"본래 몇 개의 섬은 무인도가 아니었다고 합니다. 그런 섬의 원주민을 스페인이 괌을 개발하기 위해 전부 이주시켰다고 하네요. 그래서 지금은 모든 섬이 비어 있습니다."

시몬스가 처음과 달리 관심을 보였다.

"그렇다면 가능성이 충분하네요."

"우리 상무사는 마리아나제도를 매입해 사탕수수를 본격 재배해 보려고 합니다. 아울러 태평양 일대로의 진출을 위한 전초기지로 육성할 계획을 갖고 있습니다."

"좋은 생각이십니다."

"그리고 우리가 파악한 정보로는 스페인의 총리인 미누엘데 고도이(Manuel de Godoy) 공작이 상당히 탐욕스럽다고 합니다. 그런 상황을 잘 이용하면 충분히 좋은 성과를 얻을 수 있을 겁니다."

시몬스가 놀랐다.

"대단하군요. 그런 조사까지 해 놓았다니요. 그런 정보를 얻을 정도라면 청국 광주의 외국 상관들과 교류가 많은가 봅니다."

"화란양행이 우리 상무사를 잘 소개해 준 덕분이지요."

"그런 정보까지 얻어 주셨으니 본격적으로 움직여 보겠습니다."

"좋은 성과가 있기를 바랍니다."

세자와 시몬스는 매입 가격을 놓고 한동안 머리를 맞대었다.

얼마 후, 협상을 마친 그는 올 때보다 훨씬 환한 얼굴로 돌아갔다.

⁂

나흘 만에 깨어난 국왕은 심정적으로 큰 충격을 받았다. 잘못되었다면 그대로 이승을 하직할 수도 있었다.

죽는 건 두렵지 않았다.

허나 그동안 추진해 온 개혁이 헛수고가 될 게 아쉬웠다. 세자의 역량을 믿지만, 열 살이란 나이가 결정적 족쇄였다.

수렴청정을 하게 될 몇 년이면, 추진해 온 개혁이 거의 무산될 게 분명했다. 물론 몇 년이 지나 세자가 친정을 하면 다시 개혁은 시작된다.

그러나 그때는 다시 기력을 회복한 반개혁 세력과 싸워야한다. 국왕은 세자에게 자신과 같은 전철을 밟게 하고 싶지 않았다.

정신을 수습한 다음 날부터 사흘 동안 세자와 밀담을 나누었다. 그러고는 세자의 요청을 받아들여 정무를 대폭 내각에 위임했다.

이어서 중신들과 면담을 시작했다. 이런 행보는 당연히 세자와 협의해서 얻은 결과의 일환이다.

독대는 아니지만 이런 면담은 반향을 불러왔다. 특히 국왕 사후를 노리던 자들에게 면담은 염라대왕을 만나는 심정이었다.

면담을 마친 중신들은 하나같이 입을 다물었다. 수많은 억측이 난무했으며, 심지어 그 일로 당파 내에서 분쟁까지 발생할 정도였다.

면담은 몇 달 동안 이어졌다.

국왕은 와신상담하는 심정으로 중신들을 차례로 만났다. 그렇게 그들에게 명분도 실어 주었으며, 또 일부에게는 대놓고 경고까지 했다.

국왕이 이런 식으로 모든 중신과 면담한 적은 없었다. 그러나 국왕이 왜 이런 식으로 면담을 하는지 모르는 사람은 없었다.

이런 국왕의 노력이 결실을 거뒀다.

면담이 끝나자 조정은 면모를 일신했다. 오회연교로 인해 냉랭했던 분위기가 완전히 바뀐 것이다.

*개혁군주*

모든 시파가 국왕의 정책에 적극적인 지지를 표명했다. 놀랍게도 일부 벽파도 여기에 가세했다.

심환지의 변화가 가장 놀라웠다.

면담 이후 국왕의 정책에 동조하는 경향이 급격히 늘어났다. 왕대비와 손을 잡겠다는 생각을 완전히 접은 것이다.

조정 공론이 하나로 모이면서 개혁은 한층 탄력을 받게 되었다. 그러면서 국왕은 이전보다 더 적극적으로 세자의 행보를 지지했다.

그렇게 몇 달이 흘렀다.

❉

가을 문턱인 9월 초순.

세자가 함께 공부하는 유생들과 여의도를 찾았다. 나루에서 기다리던 백동수가 군례를 올렸다.

"충! 어서 오십시오, 저하."

"반갑습니다, 백 사단장."

군의 편제도 변화가 있었다.

난국을 겪으면서 중앙군의 지휘 체계를 일원화해야 할 필요성이 대두되었다. 이전에 없던 기병 군단이 창설되었기 때문이다.

먼저 장용영과 훈련도감 병력을 중심으로 한 중간 간부 양성계획이 결정되었다. 그 일환으로 준무관 군사학교가 강화에 설립되었다.

중앙군은 육군부터 정리되었다.

훈련도감이 수도방어사령부로 격상되며 수호청과 총융청을 통합했다. 그러고는 휘하 병력을 2개 여단으로 재편했다.

장용영은 제1군 사령부로 격상되었다.

1군은 기존 병력과 새롭게 창설된 기병 군단도 휘하에 거느리게 되었다. 기존 병력은 1개 사단과 3개 여단으로, 기병 군단은 5개 여단으로 편제되었다.

이런 1군의 제1사단 초대 사단장에 백동수가 임명되었다. 국왕이 쓰러졌을 때 세자를 도와 정국을 안정시켰던 공적이 인정되어서였다.

제1사단 본부가 여의도에 있었다.

세자가 궁금해했다.

"어떻게, 부대 정리는 잘되어 가고 있나요?"

백동수가 당당하게 대답했다.

"기존의 여단 병력을 중심으로 재편되어서 별 어려움 없이 진행하고 있사옵니다."

"다행이네요."

"우선 사단본부로 가시지요."

"예, 알겠습니다."

개혁군주

잠시 후.

모두는 본부 회의실에 둘러앉았다.

백동수가 먼저 입을 열었다.

"저하께서 혼자 오신다는 말씀을 듣고 놀랐습니다. 이런 경우는 한 번도 없었는데 어찌 된 일이옵니까?"

"아바마마께서 이제는 혼자 다녀도 된다고 윤허해 주셨어요."

백동수가 놀랐다.

"전하께서 윤허하셨다니 놀랍사옵니다."

"그 대신 완전히 혼자는 아니고, 다른 사람들을 대동해서 움직여야 해요."

"그것만 해도 어디입니까?"

"그렇기는 하지요. 그래서 오늘은 저와 공부하고 있는 유생들과 함께 왔어요."

이어서 동행한 여덟 명이 각각 일어나서 자신을 소개했다.

인사를 받은 백동수가 환대했다.

"다들 잘 오셨습니다. 본관은 육군 제1사단장 백동수 소장입니다."

군이 재편되면서 계급 체계도 바뀌었다.

백동수가 세자에게 동의를 구했다.

"저하! 기왕에 오셨으니 부대 현황을 보고받으시지요?"

"그렇게 하세요."

백동수의 손짓에 현황판이 게시되었다. 그러고는 한 명이 지휘관이 앞으로 나와 인사했다.

"충! 세자 저하께 인사드리겠습니다. 제1사단 참모장 이병기 대령입니다."

"고생이 많아요."

"감사합니다. 우선 우리 사단의 현황부터 보고드리겠습니다. 우리 제1사단은 보병 3개 연대와 포병 1개 여단 편제로되어 있습니다. 위수지역은 강화를 포함한 경기도 중북부와 황해도 남부 지역입니다. 각 연대의 주둔지는……."

보고는 상세히 꽤 오래 진행되었다.

보고를 들은 세자가 치하했다.

"훌륭합니다. 부대 개편이 완전히 이뤄지지 않았는데도이 참모장이 부대 현황을 확실히 숙지하고 있었네요."

"감사합니다. 소장이 이렇게 빨리 업무를 숙지할 수 있었던 것은 전적으로 사단장님의 배려 덕분입니다."

세자가 백동수를 바라봤다.

그러자 그가 머쓱해 하면서도 분명하게 설명했다.

"저하께서 주창하신 참모의 필요성을 충실히 따랐을 뿐입니다."

"잘하셨어요. 군에서 참모의 역할은 무엇보다 중요합니다. 부대가 커지고 병력이 많아지면 부대의 관리와 정보 취득, 그리고 용병과 작전 등을 세분해서 보좌해 줄 참모가 반드시 필요해요. 그런 참모의 보좌가 있어야 결정적일 때 지휘관이 올바른 판단을 할 수 있어요."

백동수가 거듭 동조했다.

"옳은 말씀입니다. 참모의 필요성은 소장이 누구보다 잘 알고 있사옵니다. 그래서 우리 사단은 포병여단뿐 아니라 예하 각 연대까지 참모 제도를 운용하고 있습니다. 대대는 선임 장교가 과장을 맡도록 했고요."

"잘하셨습니다. 강력한 군사력을 갖추기 위해서는 참모 양성이 무엇보다 중요합니다. 그래서 빠른 시일에 국방대학을 개교하려고 합니다."

백동수가 반색했다.

"아! 그렇습니까?"

"예, 그러니 부대 재편을 마치는 대로 교수 자원을 선발해 주셨으면 해요."

"조금도 걱정하지 마십시오. 우리 사단뿐이 아니라 각 부대에서는 이미 유능한 교수 자원들을 선발해 놓고 있을 겁니다."

백동수가 참모장을 가리켰다.

"여기 있는 이 참모장도 교수 요원 중 한 명입니다."

이병기가 고개를 숙였다.

"실력은 없지만 최선을 다해 후배들을 교육하겠습니다."

"좋은 자세입니다. 지금의 우리에게는 겸손한 지휘관보다 인재를 선도할 수 있는 지휘관이 필요한 때입니다. 앞으로 좋은 활약 기대하겠습니다."

"감사합니다."

이병기가 인사를 하고 자리로 돌아갔다.

그를 바라보던 세자가 정색했다.

"백 사단장님."

"예, 저하."

"우리 조선도 이제 외연을 확장할 때가 되었다고 생각하지 않습니까?"

백동수의 안색이 굳어졌다.

세자는 분명 질문을 했는데 백동수의 귀에는 그 말이 통보로 들렸다. 그래서인지 말을 듣는 순간 60이 넘은 백동수의 심장이 거칠게 뛰었다.

"저하!"

흥분한 백동수가 제대로 대답을 못 했다.

그런 그를 보며 세자가 단언했다.

"예, 지금이 바로 적기입니다. 우리가 그토록 염원하던 그때가 온 것입니다."

"아아!"

옆에 있던 이병기가 급히 나섰다.

그도 분명 흥분했다. 그러나 참모장이란 자신의 자리를 지키려 흥분을 꾹꾹 누르며 질문했다.

"우리 제1사단이 해외 개척의 선봉이옵니까?"

세자가 고개를 저었다.

"너무 흥분하지 마세요. 이 참모장도 알다시피 우리가 군사력을 확충한 본래 목적이 따로 있잖아요."

이병기가 순간적으로 흥분을 가라앉혔다.

"맞습니다. 우리의 본래 목적이 따로 있습니다."

"예. 그래서 모든 병력을 동원할 수는 없어요. 그리고 이번의 외연 확장은 바다 방향입니다. 그래서 대부분을 수군과 수군 휘하의 육전대가 담당하게 됩니다."

이병기가 아쉬워했다.

"그렇다면 우리 사단은 이번 외연 확장에서 제외되는 것이옵니까?"

"아닙니다. 대양 진출은 당분간 도와주지 않아도 됩니다. 하지만 우리가 추진하는 본래 목적을 위해서 해 주어야 할 일이 있습니다."

세자는 이때부터 계획을 차분히 설명했다. 백동수도 이병기도 설명을 들으면서 몇 번이나 감탄했다.

이병기가 탄성을 터트렸다.

"아아! 놀랍습니다. 이렇게 대단한 계획을 세우시다니요. 역시 세자 저하의 지략은 하늘에 닿아 있사옵니다."

세자가 손사래를 쳤다.

"별말씀을 다 합니다. 나는 그저 우리의 숙원을 풀기 위해 머리를 썼을 뿐입니다. 진짜는 이 계획에 따라 앞으로 고생하실 분들이지요. 어떻게 내 계획대로 추진해 보겠습니까?"

백동수가 두말하지 않았다.

"당연히 그 임무를 저희가 맡겠습니다. 그런 임무를 수행하기 위해 특수 훈련을 해 오고 있어서 따로 병력을 차출할 필요도 없습니다."

"좋습니다. 그리고 사단장께서 운용해 오던 비선조직을 별도의 부대로 독립시킬 겁니다. 아울러 부대 규모도 대폭 확대할 것이고요. 이 사안은 아바마마께서 특별 윤허한 사안으로 새롭게 창설된 부대는 보안부대입니다."

"보안부대는 그럼 누가 관리합니까? 사령관이십니까?"

세자가 고개를 저었다.

"아닙니다. 군의 통수권자인 아바마마께서 직접 하실 거예요. 그리고 대부분의 실무는 제가 관리하게 될 것이고요."

"왕실 직할부대가 되는군요."

"맞아요. 병력이 많아지면 수많은 일이 일어나게 되어 있어요. 새로운 부대의 가장 중요한 임무는 군사보안입니다. 군사기밀이 외부로 유출되면 엄청난 피해가 발생하게 됩니다. 군납 비리도 생겨날 것이고요. 그래서 이런 문제를 단속하고 감시하기 위한 보안부대를 창설하려는 겁니다."

백동수가 격하게 동조했다.

"현명하신 결정입니다. 소장도 부대를 운영하면서 보안부대의 필요성을 수시로 느껴 왔습니다. 알겠습니다. 즉시 지휘권 이양에 따른 준비를 하겠습니다."

"고맙습니다."

이후 현안에 대해 한동안 의견을 주고받았다.

그렇게 제1사단 방문을 마친 세자는 다음 행선지로 이동했다.

세자가 다음으로 찾은 곳은 새로 지어진 상무사 본관이었다. 새로 건설된 상무사는 사단본부에서 얼마 떨어지지 않은 곳에 위치했다.

본관 건물 앞에는 박종보와 이십여 명이 대기하고 있었다. 박종보가 모두를 대표해 인사했다.

"어서 오십시오, 저하."

세자도 반갑게 인사했다.

"매일 궐에서만 보다 여기서 뵈니 새롭네요."

"하하! 소인도 그렇사옵니다."

백동수 사단장이 인사했다.

"대표님, 본관 건물 완공을 축하드립니다."

"감사합니다. 그리고 승진을 축하드립니다."

"예, 저도 감사합니다."

세자는 상무사의 주요 인물들과 일일이 인사를 나누었다. 이 자리에는 남방 교역을 전담하고 있는 오도원도 모처럼 참석해 있었다.

박종보가 권했다.

"들어가시지요, 저하.

"고마워요."

상무사 본관은 3층 건물이다. 전부가 사무용 공간이어서 내부는 의외로 넓지 않았다.

그러나 외국에서 들여온 다양한 석재와 목재, 그리고 붉은 벽돌로 지어져 있었다. 덕분에 강 건너 마포에서도 눈에 띌 정도로 아름다웠다.

세자가 그 점을 칭찬했다.

"상무사 본관답게 잘 지었네요."

건설부장 유진성이 설명했다.

"본관 건물은 상무사의 얼굴이옵니다. 그래서 설계부터 신경을 써서 특별히 화란 건축가의 도움을 받았습니다. 그 결과 보시는 대로 서양 건축기술이 전면 도입되어 있사옵니다."

세자가 건물 중앙에 걸린 샹들리에를 보며 탄성을 터트렸다.

"오오! 그래서 저렇게 화려한 샹들리에가 걸린 거로군요."

"예, 저하."

"보기 좋습니다. 그런데 난방은 기존대로 북방식 벽난로를 적용했나요?"

"벽난로와 온수난방을 함께 설치했습니다."

유진성이 복도 한쪽을 가리켰다.

그가 가리킨 곳에는 배관장치와 함께 코일 형태의 난방장치가 설치되어 있었다. 그런 장치를 세자가 바로 알아보고는 고개를 끄덕였다.

개혁군주

"온수 난방장치로군요?"

"예, 저하께서 개발하신 온수를 이용한 난방장치입니다."

"여의도에 있는 증기기관을 활용하려는가 보군요."

"그렇사옵니다. 온수 난방기구는 복도와 규모가 작은 방에 설치했습니다. 그리고 상대적으로 넓은 방에는 이번에 서양에서 도입된 개량형 벽난로를 설치했습니다."

"개량형 벽난로라고요?"

"예, 저하. 굴뚝의 효율을 최대한 높이도록 서양에서 개량된 벽난로입니다."

유진성이 새로 도입된 벽난로를 설명했다.

설명을 들은 세자가 치하했다.

"잘하셨습니다. 건물 내부에서 버려지는 열을 최대한 활용한 것만큼 좋은 건 없지요."

"예. 그래서 상무사 본관과 사단본부, 여의도 별궁에도 각각 새로운 벽난로를 설치했사옵니다."

"수고하셨습니다."

유진성은 세자를 3층까지 안내하며 건물을 설명했다. 그렇게 건물을 돌아본 일행은 대회의실로 들어갔다.

대회의실에는 세자를 맞이하기 위한 준비가 되어 있었다. 세자가 중앙에 앉자 다른 사람들도 자신들의 자리를 찾아 앉았다.

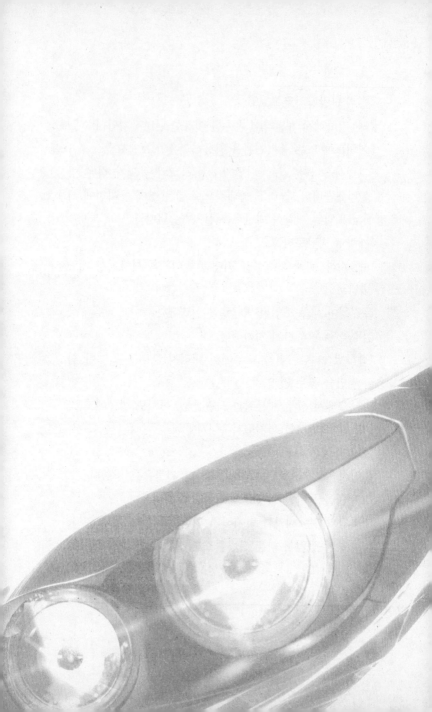

근간을 바꾸다

세자가 먼저 치하부터 했다.

"본관 건물이 이 정도로 완성도 높게 지어질 줄 몰랐네요. 대표님. 고생한 유 부장과 직원들을 포상해 주세요."

"알겠습니다."

유진성이 고개를 숙였다.

"감사합니다."

세자가 모두를 둘러봤다.

"지난 몇 년간 다들 고생 많았습니다. 다행히 그런 고생이 헛되지 않아 나라 발전의 기틀을 마련하게 되었어요. 그런 바탕 덕분에 우리는 이제 제2의 도약을 하려고 합니다. 그래서 먼저 화란양행과 손을 잡고 태평양에 진출할 겁니다. 그리고 본국의 숙원을 위해 북방 작업도 착수를 시작합니다."

모두가 굳은 표정으로 고개를 끄덕였다.

"쉽지 않은 길입니다. 자칫 잘못하면 지금까지의 노력이 헛수고가 될뿐더러, 과거의 치욕을 다시 감수할 수도 있고요. 그러나 우리는 여기서 멈출 수는 없습니다. 개혁을 멈추는 순간 우리는 암울한 시대로 돌아가게 될 테니까요. 여러분 중 누구도 그렇게 되기를 바라는 사람은 없을 겁니다."

백동수가 먼저 반응했다.

"물론입니다. 우리 군은 두 번 다시 과거의 치욕을 되풀이하지 않을 자신이 있습니다."

이어서 참모장 이병기가 동조했다.

그의 말이 끝나기 무섭게 모든 사람이 하나같이 결의를 보였다. 심지어 세자와 함께 온 여덟 명의 유생들도 적극 동조했다.

"좋습니다. 오늘의 이 결의를 여러분들은 절대 잊지 않기를 바랍니다."

세자는 상무사에도 지시했다.

"앞으로 교역 물량이 대폭 증대될 거예요. 그러니 상무사는 거기에 대해 차질 없이 준비해 주세요."

"저하의 성려가 없도록 최선을 다하겠습니다."

세자가 남방 교역을 담당하는 오도원을 바라봤다.

"오 부대표."

"예, 저하."

"인도와의 직교역을 시작하세요."

오도원이 반색했다.

"화란양행과 합의를 보셨습니까?"

"물론이에요. 처음에는 화란양행이 도와준다고 했어요. 그러니 첫 항해 때는 바타비아에 들러 인력 지원을 받아서 인도로 넘어가세요."

"알겠습니다. 인도는 청국만큼 거대한 대륙이라 들었습니다. 그런 인도를 철저히 공략해 반드시 큰 성과를 거둬오겠습니다."

"열심히 하겠다는 의지는 좋지만, 그렇다고 너무 무리는 하지 마세요. 특히 북부 지역을 장악하고 있는 영국과, 퐁디셰리를 포함해 일부 도시를 장악하고 있는 프랑스와의 마찰을 조심하세요."

"명심하겠습니다."

"아! 그리고 호주 북부로의 진출도 이번에 시작합니다. 그 지역을 개척하려면 인력이 상당히 필요하니, 거래하면서 그 부분도 챙기시고요."

"예, 저하."

세자의 주문은 거침이 없었다.

그런 주문에 주저 없이 대답하던 오도원이 처음으로 질문했다.

"그런데 우리는 일본과 언제부터 직교역을 시작합니까?"

세자가 고개를 저었다.

"당분간은 어려워요. 아시겠지만 화란과의 상무 협상 때문에 직교역을 하려면 앞으로 5년은 더 기다려야 하잖아요."

박종보가 거들었다.

"화란양행에 인정해 준 10년 독점 때문이군요."

"그래요. 그리고 대마도 문제도 있고 해서 아직은 시기상조인 게 맞아요."

오도원이 바람을 숨기지 않았다.

"화란양행은 우리 물건을 나가사키를 통해 중개하면서 막대한 수익을 거두고 있습니다. 직교역을 하게 되면 그런 수익이 전부 우리 몫이 되니 하루빨리 그런 날이 왔으면 합니다."

세자가 고개를 저었다.

"너무 욕심내지 마세요. 화란양행과는 앞으로도 오랫동안 같이 가야 해요. 그래서 나는 일본과 직교역을 한다고 해도 상당수 품목은 그들이 취급하게 할 예정이에요."

오도원이 어리둥절하다 크게 고개를 끄덕였다.

"아! 서양과의 관계 때문에 저들에게 양보하려는 것이군요."

"그래요. 우리는 이제 겨우 산업의 기틀을 마련했어요. 그런 우리에게 화란양행의 도움이 상당 기간 더 절실해요. 기초학문도 그렇지만 공업도 기반이 철저하지 않으면 사상누각이지요. 그리고 나는 그런 기간이 끝난다고 해도 화란양행

개혁군주

과는 일정 부분 함께하려고 해요."

오도원이 대번에 알아들었다.

"도움을 준 대가를 인정해 주시려는 거로군요."

"그렇지요. 우리가 아량을 먼저 베풀어야 다른 서양 국가와의 교역에도 큰 도움이 됩니다."

"무슨 말씀인지 잘 알겠습니다."

"인도도 그렇지만 중동도 당장에 큰 성과를 거두기 어려울 거예요. 두 지역은 이미 오래전부터 서양 세력이 진출해 있기 때문이지요. 허나 시간을 두고 공략하면 반드시 좋은 성과를 거둘 수 있을 거예요. 특히 인도 남부 지역은 후추의 원산지임을 명심하세요."

"예, 저하."

박종보가 나섰다.

"지금부터 각 부서의 사업 보고가 있겠습니다. 먼저 건설부부터 시작하세요."

유진성이 일어섰다.

"건설부장 유진성입니다."

이렇게 시작된 사업 보고는 꽤 오래 이어졌다.

세자와 함께 한 여덟 명의 유생들은 크게 놀랐다.

이들도 상무사가 다양한 일을 하고 있는 줄은 알고 있었다. 그런데 자신들이 알고 있는 건 빙산의 일각이었다.

"……이상으로 업무 보고를 마치겠습니다."

세자가 웃으며 유생들을 돌아봤다.

"업무 보고를 들은 소감이 어때?"

정원용이 고개를 저었다.

"상상 이상이었습니다. 상무사가 많은 일을 한다는 건 알고 있었지만, 솔직히 이 정도일 줄 몰랐습니다."

조인영도 거들었다.

"옳은 지적입니다. 보고대로라면 조선을 상무사가 바꾸는 것 같은 느낌입니다."

세자가 웃었다.

"상무사가 조선을 바꾼다? 표현이 재미있네."

오도원이 나섰다.

"상무사가 바꾸는 게 아니라 세자 저하께서 바꾸고 계시지요. 우리의 임무는 저하께서 수립하신 계획을 실천하는 데 지나지 않아요."

김정희가 바로 말을 받았다.

"그 말씀이 맞습니다. 저하께서 모든 일을 주도하시는 게 맞습니다."

세자가 고개를 저었다.

"아무리 좋은 계획을 갖고 있더라도 실현되지 않으면 탁상 공론에 불과해요. 지금까지의 성과는 상무사와 우리 군 관계자들의 헌신적인 노력이 있었기에 가능한 일입니다."

세자가 회의실을 둘러보며 강조했다.

"여러분들은 지금까지 잘 해 왔어요. 그런 여러분들이 오늘만큼은 절대 잊지 말아 주었으면 해요. 오늘이 진정한 대업을 시작하는 날이니까요."

모두의 눈이 빛났다.

"그리고 대업이 성공했을 때 당당히 밝히세요. 나와 여러분이 이 자리에 함께 있었노라고 말이에요. 그리고 이 자리가 우리 조선이 대국으로 나아가는 첫 순간이었다고요."

세자가 다시 사람들을 둘러봤다. 그러고는 선언하듯 정리했다.

"여러분들은 할 수 있습니다. 그리고 여기 있는 그 자체가 새로운 나라를 만든 영웅입니다. 그러니 어느 누구에게나 당당해도 됩니다."

"아아!"

격한 탄성이 터졌다.

조선의 사대부는 청산유수다.

유학이라면 몇 밤을 새우며 토론해도 끝이 나지 않을 정도다. 그만큼 유학에 대한 성취도만큼은 실로 대단했다.

그러나 그 외에는 젬병이다.

소소한 일상도 다른 사람의 도움이 없으면 해결 못 하는 사람이 부지기수다. 사대부들은 권위와 체면 때문에 남과는 말을 섞지 않으려 했다.

더구나 타지방과의 교류도 거의 없던 탓에 낯가림도 심했다. 그래서 '말 한마디로 천 냥 빚을 갚는다.'는 속담이 생길 정도다.

그런데 세자는 달랐다.

한마디 한마디의 발언이 사람의 가슴을 진동시켰다. 그러면서 모두에게 동기를 부여해 주는 대화의 마술을 발휘했다.

한동안 감동의 물결이 회의실을 휘감았다. 잠시 기다려 주던 세자가 손을 들어 정리했다.

"자! 이제 그만 일어들 나시지요."

감동에 젖어 있던 사람들은 서둘러 정신을 차렸다. 박종보가 먼저 나섰다.

"조폐국과 금고는 신이 안내하겠습니다."

"그렇게 하세요."

세자 일행의 이동에 상무사 직원 대부분은 동행하지 않았다. 조폐국과 금고는 허가받은 사람이 아니면 출입이 금지되어 있기 때문이다.

조폐공장은 그동안 몇 배로 커졌다.

방납과 진상이 폐지되면서 왕실에서 필요한 물건은 전부 입찰로 구입했다. 여기에 관리들과 경아전의 급여가 지급되면서 화폐 수요는 폭증했다.

특히, 지난해 창립된 조선은행은 화폐 유통에 전환점이 되었다. 실질 가치를 지닌 화폐였기에 새로운 주화는 순식간에 상평통보를 대체했다.

*개혁군주*

주화는 다양한 종류로 발행되었다.

그래서 더 빠르게 정착할 수 있었다. 그러다 지난해 조선 은행이 창립되면서 화폐경제는 더한층 활성화되고 있었다.

"어서 오십시오, 저하."

조폐국은 여전히 박제가가 맡고 있었다.

"오랜만이에요, 박 국장님. 건강은 여전하시지요?"

"하하하! 물론이옵니다."

김정희가 나서서 인사했다.

"정희가 스승님을 뵙습니다. 그간 강녕하셨사옵니까?"

박제가가 반색했다.

"오! 원춘(元春)이구나. 어떻게 그동안 잘 지냈느냐?"

"예. 저는 스승님의 염려 덕분에 잘 지내고 있사옵니다."

"다행이구나. 스승이 멀리 있어서 너를 잘 챙겨 주지 못해 늘 미안하다."

"아니옵니다."

스승과 제자가 그렇게 반가운 정을 나눴다.

세자는 그들의 해후를 지켜보다 적당한 때 나섰다.

"요즘 많이 바쁘다고요? 조폐국의 업무가 많이 늘어났다 는 보고는 받았습니다."

"그러하옵니다. 지난해 은행이 창립하면서 주화 수요가 폭 증하고 있사옵니다. 무역은화의 교환 발행도 여전히 많고요."

"잘 부탁드려요. 우리 경제가 급격히 발전하는 바탕에는 박

국장께서 이끌어 가는 조폐국의 역할이 무엇보다 큽니다."

"성려하지 마십시오. 소인이 있는 한 조폐국은 누구도 넘볼 수 없을 겁니다."

"말씀만 들어도 고맙네요. 그리고 제가 준 은행 업무에 관한 책자는 어떻게 잘 익혀 나가고 있습니까?"

박제가가 곤혹스러운 표정을 지었다. 그러나 이내 정색하고는 고개를 끄덕였다.

"솔직히 생소한 업무여서 완전히 익히지는 못했사옵니다. 하오나 올해가 가기 전에는 반드시 금융 관련 업무를 통달하겠사옵니다."

"잘 부탁해요. 실무에 미진한 부분은 직접 현장을 찾아가 익히시고요. 박 국장님이 하루빨리 부임해서 관리해 줘야 조선은행이 본격적인 중앙은행으로서의 업무를 시작할 수 있어요."

박제가가 다짐했다.

"저하께 걱정을 끼쳐 드리지 않도록 열성을 다하겠습니다."

조선에는 객주가 있다.

객주는 물건을 중개해 주기도 하고 화물을 담보로 대출도 하며 신용대부도 한다. 그리고 어음을 발행하거나 인수하는 등의 업무를 본다.

세자는 은행 창설에 이런 객주와 상무사를 적극 활용했다. 특히 화란양행으로부터 결정적인 도움을 받았다.

네덜란드는 상업국가다.

네덜란드는 세계 최초로 증권거래소가 들어선 나라다. 그뿐이 아니라 17세기 은행에서 저리로 융자해 줄 정도로 금융이 발달해 있었다.

그래서 화란양행 직원 중에는 금융에 밝은 사람이 의외로 많았다. 이런 화란양행의 적극적인 도움 덕분에 은행 설립은 문제가 없었다.

그러나 은행을 믿고 맡길 사람이 없었다.

아무리 객주가 은행과 비슷하다고 해도 고유 업무는 엄연히 달랐다. 더구나 막대한 자금과 발권을 관리하는 임무를 쉽게 맡길 수는 없었다.

그래서 세자가 직접 은행장을 맡아 신용도를 높이면서 정착에 노력했다. 다행히 계획은 대성공을 거두면서 은행은 빠르게 안착했다.

세자는 박제가가 중상주의자란 사실을 알고 있었다. 그래서 조폐국장에 임명했으며, 진작부터 은행장으로 낙점해 두고 있었다.

그래서 은행이 자리를 잡자마자 그에게 은행장 취임을 권유했었다. 다행히 박제가는 이런 세자의 요청을 흔쾌히 받아들였다.

세자는 은행에 관한 책을 집필해 주었다. 이 책에는 이전 지식이 상당히 들어 있었기에 박제가가 단번에 이해할 수는 없었다.

박종보도 무한한 신뢰를 보냈다.

"하루빨리 취임하셔서 저하의 짐을 덜어 주셨으면 합니다. 박 국장님이시라면 조선은행을 잘 경영해 주실 겁니다."

박제가가 너털웃음을 터트렸다.

"허허허! 박 대표님의 믿음에 보답하기 위해서라도 노력을 배가해야겠습니다."

그의 말에 세자와 주변 사람들이 한바탕 웃음을 터트렸다.

박제가가 몸을 반쯤 돌렸다.

"들어가시지요. 주화공장이 그동안 꽤 많이 변했습니다."

"기대됩니다."

박제가의 장담대로 공장은 처음보다 훨씬 더 넓어지고 밝아졌다. 그러나 공장 안의 열기만큼은 이전과 다름없이 뜨거웠다.

세자와 일행은 한동안 공장을 둘러봤다. 그러고는 산 밑에 있는 금고로 이동했다.

철컹!

상무사 금고는 처음보다 훨씬 커졌고 보강도 많이 되었다. 세자도 보고는 받았지만, 금고가 확장되고는 첫 방문이었다.

"보고는 받았지만, 이 정도로 넓고 튼튼하게 바뀌었을 줄은 몰랐네요."

유진성이 설명했다.

"금고를 조폐국과 같이 쓰면서 조금씩 규모를 키워 왔는데, 그게 한계에 봉착했었습니다. 그래서 지난해 연말부터 대대적인 확장 공사를 시행하게 되었고요. 그런데 문제가 있습니다."

"무슨 문제지요?"

"더 이상 확장이 곤란합니다. 그런데도 교역 규모가 커지고 있습니다. 여기에 광산에서 유입되는 금은괴의 물량은 증대되는 상황이옵니다. 조폐국도 지속적으로 물량을 늘리고 있는 상황이고요. 이대로라면 얼마 가지 않아 다시 한계에 봉착될 것이옵니다."

"으음!"

"그래서 드리는 말씀인데, 별도의 보관 장소를 마련할 필요가 있사옵니다. 지금 상태라면 이삼 년 내로 문제가 다시 발생할 것이옵니다."

"전국 지점의 금고로 분산하면 되지 않겠어요?"

유진성이 고개를 저었다.

"그 또한 문제입니다."

"무슨 문제가 있지요?"

"조선은행이 설립되고 1년이 지났습니다. 처음에는 지켜보던 각 지역 유력 가문이 보관해 온 자금이 쏟아져 들어오고 있습니다. 지점의 금고는 그런 자금을 처리하기에도 벅찰 지경이옵니다."

세자가 놀랐다.

"그 정도로 유입되는 자금이 많군요."

"예, 그래서 지점 금고도 어느 시점이 되면 확장해야 할 지경이옵니다."

백동수가 놀랐다.

"지점 금고의 크기도 상당한 것으로 아는데 대단하네요. 한양도 아니고 지방 가문의 자산이 그 정도로 많을 줄 몰랐습니다."

세자가 설명했다.

"그들도 이제 느끼게 된 거예요. 엽전이면 무거워서 도둑도 쉽게 훔쳐 가지 못했어요. 헌데 은화는 단위 가치가 커서 오히려 더 보관하는 데 불안하다는 것을요."

"맞습니다. 그래서 처음에는 엽전을 은화로 바꿔 갔던 물량의 상당수가 되돌아오는 실정입니다."

"어쨌든 고무적인 현상이네요."

"그렇습니다."

세자는 금고에 보관된 은화와 금은괴를 천천히 둘러봤다.

김정희를 제외한 유생들은 금고가 처음이었다.

유생들에게 금고는 경제 발전의 상징으로 다가왔다. 조선은 늘 세수 부족에 허덕이며 관리들의 녹봉조차 제대로 주지 못할 정도로 가난했다.

그런 조선의 왕실 상단의 금고에 산더미 같은 금은이 쌓여 있었다. 그런데 그런 금고도 몇 년이면 부족해 새로운 장소를 물색해야 한다고 한다.

그래서 충격이었다.

금고를 둘러보던 세자가 의외의 제안을 했다.

"박 국장님. 이 금고를 조선은행이 전부 사용하면 어떻겠어요?"

"그러면 좋지만, 상무사는 어떻게 합니까?"

"상무사는 다른 지역에 금고를 찾아볼게요."

박제가가 고개를 저었다.

"여의도는 조선 개혁의 상징입니다. 한양의 백성들은 대외 교역을 마치고 은화를 잔뜩 싣고 오는 상무사 상선을 보면서 개혁 의지를 다집니다. 그런 상무사 금고를 이전하게 되면 상징 효과를 볼 수 없게 됩니다. 그럴 바에야 조폐국의 이전을 추진하는 게 바람직하지 않겠습니까?"

"조폐국을 이전하자고요?"

"그렇습니다. 멀리 갈 필요도 없이 수도방어사령부가 있는 용산 정도면 적당할 것 같습니다."

세자도 적극 동조했다.

"오! 그곳이라면 경비는 신경 쓰지 않아도 되겠군요. 거기다 여기보다 높은 산이 있어 금고를 만들기도 쉽겠고요."

"그뿐이 아니라 여의도와 거리도 가까워 업무 연계도 쉽습니다. 그래서 상무사가 들여오는 스페인은화의 수송도 어렵지 않습니다."

잠깐 생각하던 세자가 결정했다.

"알겠습니다. 그 문제는 돌아가서 긍정적으로 검토하겠습니다."

"감사합니다."

세자는 다음 행선지인 육군무관학교로 이동했다. 여의도에는 육군무관학교도 들어서 있었다.

박제가의 말대로 육군무관학교까지 있는 여의도는 조선 개혁의 성지였다. 그런 성지를 만든 세자의 방문에 육군무관학교는 학교 전체가 환영했다.

무관학교에 입교하기 위해서는 무과와 같은 시험을 통과해야 한다. 그럼에도 2년의 교육과정을 더 거쳐야만 무관으로 임명된다.

세자는 이전 시대 학사장교로 복무했다.

학사장교는 16주의 군사교육을 받고 임관된 뒤 다시 병과 교육을 더 받는다. 놀랍게도 세자는 이런 교육 내용을 거의 기억해 냈다.

그런 기억을 토대로 만들어진 교재는 시대에 맞게 수정되었다. 이렇게 만들어진 교재는 동양의 병법이나 서양의 군사학과는 차원이 달랐다.

세자가 사열대에 섰다.

"세자 저하께 대하여 받들어총!"

"충! 성!"

절도 있게 군례를 올리는 사관생도들을 세자는 흐뭇하게 바라봤다.

지난해 개교한 무관학교는 내년 초 1기생을 배출한다.

어느 집단이든 1기들은 우대를 받는다.

육군과 수군무관학교도 그래서 인재들이 더 몰렸다. 연병장에 도열한 생도들은 그런 인재들끼리 치열한 경쟁을 뚫고 입교했다.

1, 2기생은 사백 명에 불과했다. 그럼에도 드넓은 연병장이 꽉 찬 느낌이 들 만큼 생도들의 자신감은 하늘을 찌르고 있었다.

"모두 고생들이 많아요."

"세워 총!"

착! 착! 착!

생도들은 시범을 보이는 것처럼 절도 있게 움직였다. 그런 모습을 처음 본 유생들과 상무사 직원들은 저마다 탄성을 터트렸다.

세자의 간단한 훈시가 끝나고 분열이 있었다.

세자는 생도들의 분열을 보면서 이전 시대 사관생도들의 행진 모습을 떠올렸다.

'대단하다. 이전 시대 육사 생도들과 비교해도 전혀 뒤처지지 않아. 이 정도 자신감과 군기라면 가히 최강이라 자부

할 수 있다.'

사관학교 기원은 1701년 덴마크가 만든 왕립 해군사관학교다. 영국 육군은 1716년에 포병과 공병학교를 설립했다. 프랑스도 1748년 왕립 공병학교를 만들었고 1750년 왕립 육군사관학교를 개교했다.

군사학은 오랜 경험과 과학의 산물이다. 그래 세자가 틀을 잡은 조선의 육군무관학교 교육 내용은 서양의 어떤 사관학교보다 충실했다.

그런 사실을 보여주려는 듯, 무관 생도들은 당당히 사열대를 지나갔다. 분열이 끝나고 세자는 모든 생도와 일일이 악수를 나누었다.

파격이었다.

군주나 세자가 장병을 치하하는 경우는 많다. 그러나 악수를 나누는 경우는 이번이 처음이었다.

"생도 박정연!"

"생도 이한정!"

생도들은 감격했다. 그래서 악수를 나누며 관등성명을 외치는 목소리는 그 어느 때보다 컸다.

세자는 생도들이 회식을 할 수 있도록 푸짐한 음식을 내려주었다. 이런 세자의 배려에 생도들은 거듭 환호로 화답했다.

여의도 방문이 끝났다. 방문을 마치고 나루에서 판옥선을 탄 세자가 여덟 명의 유생들을 돌아봤다.

"오늘 왜 그대들을 동행시켰는지 알아?"

갑작스러운 질문에 여덟은 잠시 당황했다.

그러다 정원용이 먼저 조심스럽게 입을 열었다.

"저하께서 추진하시는 개혁에 더 적극적으로 참여하라는 뜻이 아닐런지요."

"그런 뜻도 없지는 않아. 허나 정답은 아니야."

김유근이 나섰다.

"저희에게 격변이 일어나고 있다는 사실을 직접 보여 주시려는 것이옵니까?"

세자가 감탄했다.

"호! 역시 경선(景先)이 제대로 맞췄네. 잘했어."

경선은 김유근의 자(字)다. 모처럼의 칭찬에 김유근의 입이 귀에 걸렸다.

"황감하옵니다."

"나라가 변화하고 있다는 걸 모르는 사람은 없을 거야. 그런데 그대들이 체감하는 것보다 변화의 속도는 훨씬 더 빠르지. 오늘 그런 현장을 그대들이 직접 보고 느끼면서 새로운 각오를 다지라고 동행시킨 거야."

유생들이 굳은 표정으로 고개를 끄덕였다. 그들도 여의도를 둘러보며 생각이 많아져 있었다.

"그대들은 동량지재야. 별일이 없다면 나와 함께 우리 조선의 미래를 열어 가게 되겠지. 그런 그대들에게 변화하고 있는 조국의 현장을 보여주려고 오늘 동행시킨 거야."

세자가 자신들을 인정하는 말에 유생들의 표정에 감동이 가득했다. 그들은 누가 뭐라 하기도 전에 다투어 고개를 숙였다.

"황감하옵니다."

"감읍하옵니다, 저하."

세자가 손을 들었다.

"그런데 그대들이 알아야 할 일이 있어. 앞으로의 세상은 지금과는 전혀 달라. 당연한 게 당연하지 않게 되기도 하고, 해 보지 않았던 일을 해야만 할 때가 올 거야."

세자가 모두를 둘러봤다.

"더 중요한 건 마음가짐이야. 지금까지 그대들은 변화를 좇기만 했어. 아니, 내게 당면한 일이 아니라며 한발 물러서 있었다는 게 맞겠지. 그러나 앞으로는 아냐. 그런 자세를 보이는 사람은 낙오될 수밖에 없어."

조인영이 나섰다.

"저희가 어떻게 해야 합니까?"

"그대들이 변화를 주도해야지."

"그러고 싶지만, 저희는 그만한 역량도 경륜도 부족합니다."

"변화가 좋은 것 중 하나는 젊은 사람도 주도할 수 있다는 거야. 그러니 고민하고 또 고민해 보도록 해. 나는!"

세자가 유생들을 둘러봤다. 그런 세자의 눈빛은 처음과는 완전히 달랐다.

"나와 함께 갈 사람은 진취적이고 개혁적인 사람이었으면 해. 지식이 많은 사람도 좋아. 그러나 그런 사람보다는 백성을 위해, 나라를 위해 무엇을 해야 하는지 고심하고 아파할 수 있는 사람이 더 필요해."

세자가 유생 모두와 눈을 맞췄다.

"그대들이 내가 바라는 그런 인재상이 되었으면 해. 그래서 나와 함께 조선을 넘어 천하를 경략할 수 있었으면 좋겠어."

유생들은 가슴이 벅찼다.

세자는 조선이 아닌 천하를 같이 경략하자고 했다. 그 말을 듣는 순간 온몸에 전율이 흘렀다.

쿵!

정원용이 무릎을 꿇었다.

그게 시작이었다. 여덟 명의 유생들은 거의 동시에 무릎을 꿇었다. 그리고 정원용이 무어라 말을 하려고 했다.

그걸 세자가 막았다.

"그만! 하고 싶은 말이 많겠지만, 오늘은 하지 말고 가슴에 담아 둬. 내 사람은 입이 천근처럼 무거워야 하고 몸은 만근같이 거대하길 바라. 그러니 오늘은 여기까지만 해."

유생들의 나이는 아직 어리다.

그러나 각 가문을 대표하고 있었다. 그런 유생들이 무릎을 꿇었다는 사실은 상당한 의미가 있었다.

세자는 이런 유생들을 예우했다.

그래서 직접 일으켜 세우고는 감사의 말과 격려를 잊지 않았다. 그런 모습을 바라보는 사람들의 얼굴에는 하나같이 훈훈한 미소가 걸렸다.

❀

판옥선에서 있었던 일은 은밀히 퍼져 나갔다. 그런 소문이 돌고 돌아 국왕에게까지 전해졌다.

국왕이 너털웃음을 터트렸다.

"허허허! 유생들이 세자에게 충심으로 감복해서 무릎을 꿇었다는 말이냐?"

상선이 대답했다.

"그러하옵니다. 그런 유생들을 저하께서 일일이 일으켜 세우며 격려하셨고요."

"으음! 좋은 징조구나. 상선은 사람을 보내 세자를 불러오도록 해라."

"예, 전하."

잠시 후, 세자가 편전에 들었다.

"여의도에 갔다 오던 날 판옥선에서 일이 있었다면서?"

세자는 국왕이 부를 걸 짐작하고 있었다. 그래서 국왕의 질문에 주저 없이 대답했다.

"그러하옵니다."

"무슨 말이 오갔는지 너에게 직접 듣고 싶구나."

세자가 당시의 일을 상세히 전했다.

국왕이 크게 기뻐했다.

"허허허! 참으로 좋은 말을 했구나. 지식이 많은 사람보다는 백성과 나라를 위해 고민하는 사람이 더 필요하다는 네 말이 가슴에 와닿는구나."

"황감하옵니다."

"그런데 관리라면 모름지기 남보다 학식이 높아야 하지 않겠느냐?"

"세상에는 뛰어난 학문을 지닌 사람들이 많사옵니다. 소자는 그런 사람들은 구태여 관리가 될 필요는 없다고 생각하옵니다."

"그러면 그들은 무엇을 해야 하느냐?"

"후학을 양성하면 되옵니다. 높은 학문을 지닌 사람들은 관리보다는 학자가 더 맞습니다. 그래서 학자들은 대학이 훨씬 더 어울리고요."

"학자들로 하여금 나라의 동량지재를 양성하게 하자는 말이구나?"

"그러하옵니다. 학자가 관리가 될 수도 있사옵니다. 그러나 그보다 수많은 인재를 양성하는 게 본인이나 나라에 훨씬 더 도움이 되지 않겠사옵니까?"

국왕도 동조했다.

"옳은 말이다. 나라를 경영하다 보면 인재는 언제나 부족한 법이다. 더구나 군자가 제자를 가르치는 일만큼 좋은 일도 없다."

"그러하옵니다."

국왕이 확인했다.

"너와 함께 공부하는 유생들이 어떤 존재인지 모르지는 않겠지?"

"예, 잘 알고 있사옵니다."

"그렇다면 유생들이 감복해서 무릎을 꿇었다는 게 어떤 의미인지도 잘 알겠구나."

세자가 고개를 끄덕였다.

"짐작은 하고 있사옵니다."

국왕이 주의를 주었다.

"그들은 장차 너와 많은 일을 해 나가야 할 인재들이다. 그런 인재들이 너에게 진심으로 감복했다면 그보다 좋은 일은 없다. 허나 정치 상황은 언제나 변하는 법이니, 지금의 상황에 절대 안주해서는 아니 된다."

"물론이옵니다."

"어쨌든 너를 보좌할 최고의 인재를 얻은 셈이 되었으니 축하할 일이다."

"황감하옵니다. 그리고 소자는 새로운 정책을 아바마마께

개혁군주

건의드리려 하옵니다."

국왕이 정색을 했다.

"무슨 제안이더냐?"

세자가 조심스럽게 입을 열었다.

"아바마마, 소자는 지금 시점이 노비 해방을 결행할 최고의 기회라고 생각하옵니다."

국왕의 용안이 더없이 커졌다.

노비 해방에 대해서는 이미 세자와 많은 교감을 나눈 터였다. 그런데 막상 그 제안을 정식으로 듣게 되니 절로 몸이 굳어졌다.

"……으음! 지금 바로 시행하자는 말이더냐?"

세자가 상황을 설명했다.

"전국에 들어선 공장의 가동률이 연일 최고치를 경신하고 있사옵니다. 덕분에 공업 기반도 예상보다 빠르게 확대되는 중이고요. 이런 기조를 유지하고 확산시키기 위해서는 도로와 항만 등 사회간접자본의 건설이 뒤따라야 하옵니다. 그런 기반시설을 조성하려면 막대한 인력이 필요하옵니다."

국왕도 인정했다.

"네 말이 맞다. 허나 노비 해방은 국가의 근간을 뒤바꾸는 일이어서 바로 결정하기 어렵구나."

국왕이 망설였다.

쉽게 결정을 내리지 못하는 국왕을 세자가 열정을 다해 설득했다.

"아바마마, 앞으로는 국가 발전이 지금까지와는 비교할 수 없을 정도로 빨라집니다. 거기에 보조를 맞추기 위해서라도 기반시설 공사를 시급히 시작해야 하옵니다."

"……"

"이전에는 한양 일대에 일자리가 없어 빈둥거리는 사람들이 많았사옵니다. 헌데 마포에 공단이 들어서면서 일손이 점차 귀해지고 있사옵니다. 이런 현상은 팔도의 공단 주변에서 하나같이 일어나고 있사옵니다. 그런데 앞으로 들어설 공장은 더 많고, 필요 인력도 급격히 늘어날 것이옵니다."

국왕이 한숨을 내쉬었다.

"후! 아비도 사정을 모르지 않는다. 허나 수천 년을 이어온 노비 제도를 어떻게 일조일석에 없앨 수가 있겠느냐?"

국왕의 이런 반응은 이미 짐작하고 있었다. 그래서 세자는 새로운 제안을 했다.

"아바마마, 모든 노비를 한꺼번에 해방하기 어려우면 이렇게 하는 건 어떻겠사옵니까?"

국왕이 즉각 관심을 보였다.

"좋은 방안이라도 있는 게냐?"

"공노비부터 해방하는 것이옵니다. 그런 공노비들을 일정 기간 국가기반시설 공사에 투입하도록 조치하는 것이옵니다. 그리하면 부족한 일손을 조금이나마 덜게 될 수 있지 않겠사옵니까?"

"공노비를 공역에 동원하자는 것이더냐? 그러면 해방하지 않은 거나 무엇이 다르단 말이냐?"

세자가 고개를 저었다.

"아니옵니다. 제대로 된 임금을 줄 것이옵니다. 주거지도 제공하고 아이들에게 정음 교육도 시행한다면 분명 폭발적인 관심이 집중될 것이옵니다."

국왕의 용안이 커졌다.

"아이들을 교육하자고?"

"예. 그래야 자신들이 해방되었다는 것을 더 확실하게 체감하지 않겠사옵니까? 세상에 자식이 잘되지 않기를 바라는 부모는 없사옵니다. 그런데 자신들이 해방되자마자 상무사에서 아이들을 가르쳐 준다면 얼마나 고마워하겠사옵니까?"

국왕이 크게 고개를 끄덕였다.

"좋은 생각이다. 상무사가 그렇게 해 준다면 공노비들도 적극적으로 동참하겠구나."

"그러면서 노비 해방에 대한 정당성을 적극 알리겠사옵니다. 그러면 사노비를 해방할 때 큰 혼란이 일어나지 않을 것이옵니다."

국왕이 고개를 저었다.

"좋은 생각이지만 말처럼 쉽지 않다. 노비들은 사고팔 수 있고, 물려줄 수 있는 재산이다. 그런 사유재산을 누가 쉽게 포기하겠느냐?"

조선에서 노비는 물건 취급을 해 왔다.

그래서 돈을 받고 사고팔거나 물려주었다. 그리고 세는 숫자의 표시도 명(名)이나 인(人)이 아닌 구(口)로 표시할 정도였다.

세자도 이 점을 모르지 않았다.

"그래서 소자가 준비해 온 게 있사옵니다."

세자가 가져온 서류를 공손히 내밀었다.

"이게 무엇이냐?"

"노비 해방을 위한 일종의 시간표이옵니다. 아바마마의 성려대로 노비 해방은 결코 말로만 이뤄질 수 없사옵니다. 그래서 소자가 필요한 절차와 방식을 일목요연하게 정리해 봤사옵니다."

"한번 살펴보마."

국왕은 처음에는 별다른 표정 변화 없이 서류를 넘겼다. 그러나 서류를 넘기면서 조금씩 표정이 변해 갔다.

그러던 국왕은 서류를 모두 읽고는 말없이 눈을 감았다. 그렇게 한동안 생각을 정리하던 국왕이 눈을 떴다.

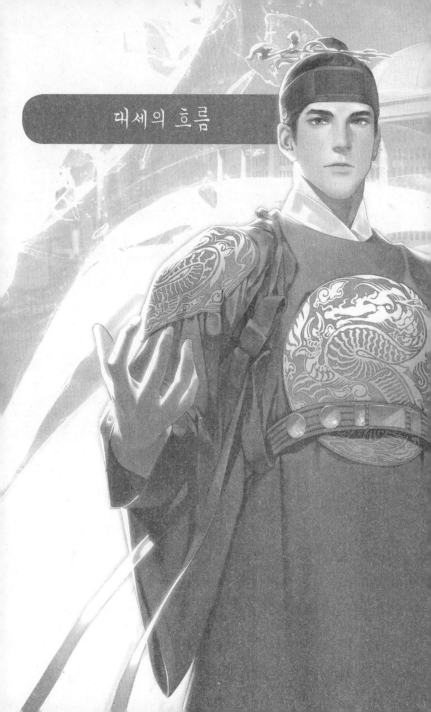

대세의 흐름

국왕이 길게 한숨을 내쉬었다.

"후! 너의 지혜가 실로 대단하구나. 이렇게 세심한 계획을 세워 두었을 줄은 몰랐구나. 계획서의 내용이 상상 이상으로 치밀하구나."

세자가 몸을 숙였다.

"황감하옵니다. 개혁의 진정한 시작은 신분제도의 변화라 할 수 있사옵니다. 그렇다고 해서 양반 제도를 손댈 수는 없사옵니다. 누가 뭐라고 해도 우리 조선을 이끌어 가는 주역은 양반이니까요."

"그 말이 맞다."

"그러나 노비는 아닙니다. 필요에 의해 인신을 억압하고

착취하는 제도는 반드시 없어져야 하옵니다. 그래야 아바마마께서 추구하시는 서얼 철폐도 저절로 자리 잡게 됩니다. 더하여 부국강병을 위한 군정 개혁도 제대로 추진할 수 있사옵니다."

국왕이 강하게 동조했다. 계획서를 읽은 상황에서 서얼 철폐가 거론되었기 때문이다.

"옳은 말이다. 서얼 철폐와 징병제도를 위해서는 노비가 없어지는 게 맞다. 그런데 상무사가 사노비의 속량(贖良)을 대신 지급하겠다는 발상 자체가 놀랍구나. 그만큼 상무사 자산이 많다는 의미겠지만, 아마도 이 계획을 조정이 알게 되면 엄청난 반향을 불러일으킬 게다."

세자가 내심을 밝혔다.

"솔직히 사람들이 놀라기를 바라는 의도도 포함되어 있사옵니다."

"왜 그런 생각을 한 게냐?"

"사람들은 상무사가 얼마나 많은 수익을 창출하고 있는지 확실히 모릅니다. 그저 상당한 수익을 벌어들이고 있다는 정도만 알 뿐이지요."

"으음!"

"상무사는 6만이 넘는 중앙군과 대양함대의 운영을 책임지고 있사옵니다. 그것만 해도 대단한데, 수백만의 사노비 속량을 책임지겠다고 나서면 사람들은 그제야 알게 될 것입니다. 상무사가 이제는 모략 따위를 꾸민다고 해도 쉽게 어찌하지 못할 규모로 커졌다는 것을요."

국왕이 크게 고개를 끄덕였다.

"상무사에 대한 탐욕을 부리지 못하게 만들려는 의도가 있다는 말이구나."

"그러하옵니다. 상무사의 도움으로 노비들이 해방된다면, 우리는 엄청난 우군을 얻게 되옵니다. 그런 노비들은 상무사와 왕실을 절대적으로 지지할 것이고요."

"그럴 게다. 인지상정이라 했다. 자신들을 해방시켜 준 상무사와 왕실이 잘못되는 것을 그들은 그냥 보고만 있지 않을게다."

"아바마마, 노비도 조선의 백성이옵니다. 그런데 지금까지 제도에 묶여 물건 취급을 당해 왔사옵니다. 이를 그대로 두고 볼 수는 없사옵니다."

국왕이 무겁게 고개를 끄덕였다.

"그 말은 맞다."

세자의 목소리가 더 힘을 얻었다.

"노비 해방은 왕실을 지지하는 수백만의 백성을 얻게 되는 일이옵니다. 소자는 이때를 위해 자본을 축적해 왔사옵니다. 그래서 노비 해방에 들어가는 자금이 전혀 아깝지 않사옵니다. 국가 발전을 위해서는 반드시 시행해야 하옵니다. 그래야 그토록 염원해 온 숙원을 이룰 수 있사옵니다."

숙원이라는 말에 국왕의 안색이 변했다.

국왕은 한동안 고심했다. 그러면서 때때로 안색도 변하고 한숨도 내쉬었다.

그러던 국왕이 마침내 결정했다.

"좋다. 우선 공노비부터 해방하자."

세자가 바로 몸을 숙였다.

"영명한 결단이시옵니다."

"그러나 혼란을 최소화할 수 있도록 사전 준비를 철저히 하고 나서 시행하자."

국왕이 서류를 들었다.

"여기에 나온 대로라면 시행착오를 겪지 않을 거 같다. 그러나 국가 대사를 시행하다 보면 어떤 돌발 변수가 발생할지 모른다. 그러니 도감(都監)을 설치해 업무를 전담시키는 게 좋겠다."

세자가 대번에 우려했다.

"조선에서 노비 문제에 자유스러운 사람은 아무도 없을 것이옵니다. 특히 권문세가 출신이 주류인 조정 중신들은 더 그러하고요. 그런 상황에서 이번 일을 조정에 맡기면 사업 추진이 지지부진해질 수가 있사옵니다."

국왕이 웃었다.

"허허허! 그 점은 걱정하지 마라. 이번 일만큼은 과인이 직접 챙길 것이다. 그리고 상무사가 속량을 책임지겠다고 나

개혁군주

선 상황이어서 조직적인 반발은 없을 것이다. 다만 수천 년을 이어 온 제도를 바꾸는 일이니, 준비해야 하는 시간을 줘야 한다."

세자가 한발 물러섰다.

"알겠사옵니다. 아바마마의 뜻대로 하시옵소서."

"오냐, 걱정하지 마라."

국왕이 갑자기 마음속의 말을 꺼냈다.

"과인은 지난번에 큰일을 겪으면서 느낀 바가 있었다."

이러면서 세자를 바라봤다.

그 시선을 받으며 세자가 질문했다.

"그게 무엇이옵니까?"

"그때 과인은 실질적으로 죽었다. 그래서 그 이후의 삶은 덤이라고 생각하고 있다."

세자가 깜짝 놀라 부복했다.

"아바마마! 그 무슨 황망한 말씀이옵니까? 소자 받잡기 민망하옵니다. 거두어 주시옵소서."

국왕이 고개를 저었다.

"아니다. 과인이 정신을 차릴 수 있었던 건 하늘의 보살핌 덕분이야. 그렇지 않았다면 이렇게 너와 함께 앉아 있지 못했을 거다."

"아바마마!"

"과인은 하늘이 나에게 덤의 삶을 준 이유를 많이 생각해

봤다. 그리고 마침내 그 이유를 오늘 알게 되었구나."

국왕이 세자가 준 서류를 짚었다.

"하늘은 과인이 직접 조선을 개혁하기를 바라는 것 같구나. 네가 아무리 총명하다고 해도 이런 일을 직접 하기에는 무리가 따른다. 그래서 그런 너를 대신해서 과인이 처리하라고 하는구나."

꿈보다 해몽이 좋다는 속담이 있다.

국왕은 스스로에게 동기를 부여하고 있었다. 그만큼 노비 문제를 처리하는 일은 지극히 어렵다는 의미였다.

세자도 그걸 느끼면서 사죄했다.

"아바마마께 너무도 어려운 말씀을 드려서 송구하옵니다."

"아니다. 대세의 흐름은 누구도 바꿀 수 없다. 노비 해방도 그런 흐름의 일환이라면 어차피 한 번은 겪어야 할 진통이다. 이 일만 제대로 정리한다면 네 말대로 대업도 결코 어렵지 않을 게다."

"황감하옵니다."

"그리고 사노비 해방은 공노비를 해방한 2년 후에 실시하자. 그 정도의 기간이라면 공노비 해방에 따른 결과도 적잖이 나오지 않겠느냐."

"좋은 결과를 토대로 사노비 해방을 더 적극적으로 추진하자는 말씀이군요."

국왕이 고개를 끄덕였다.

"그래, 노비 해방은 양반들의 도움이 없이는 풀어가기 어렵다. 그런 양반들에게 공노비가 국가 발전에 어떤 도움이 되는지를 직접 보여줄 필요가 있다고 생각한다."

"무슨 말씀인지 알겠사옵니다."

"그뿐이 아니다. 노비는 수천 년을 이어 온 제도다. 자신들이 언제부터 노비가 되었는지 모르는 자들이 대부분이다. 그런 노비들은 대부분 현실에 안주해 있기 마련이다. 이런 자들을 그대로 풀어 주면 오히려 큰 문제가 될 수 있다."

국왕이 세자를 바라봤다.

"너는 무슨 문제가 발생할지 알겠느냐?"

세자가 바로 대답했다.

"노비들은 그동안 시키는 대로만 하면 되었사옵니다. 주인이 모든 걸 책임져 주었으니까요. 그런 노비들을 바로 풀어 버리면 대부분 현실에 적응 못 하고 극빈층으로 전락할 것입니다."

국왕이 한숨을 내쉬었다.

"후! 잘 알고 있구나. 그게 문제다. 노비를 해방하는 것만이 능사가 아니다. 기껏 해방해 주었는데 극빈층이 되면 아니함만 못하다. 그렇게 되면 그들을 나라가 구제를 해 주어야 하는 문제가 발생한다. 그래서 먼저 공노비를 해방해서 어떻게 적응해야 하는지를 알려 주어야 한다."

"스스로 보고 배우게 하자는 말씀이군요."

"그렇지. 해방이 되면 삶이 어떻게 바뀌는지 노비들 스스로 알아야 한다. 그래야 노비 해방의 진정한 목적을 달성할 수 있다."

국왕이 서류를 들었다.

"여기에는 노비들을 주요 건설 현장에 투입해 직업교육을 병행한다고 되어 있다. 그러나 모든 노비들을 강제로 공사 현장에 투입하면 그 또한 탄압이고 억압이 아니겠느냐. 그리고 외거노비들은 소작농이 많아서, 그들을 건설 현장에 투입할 수 있는지도 파악해 봐야 한다."

세자는 많이 놀랐다.

'대단하다. 아바마마께서 저런 생각을 하고 계실 줄 몰랐네. 이래서 노비 해방을 적극적으로 추진하길 꺼리셨구나.'

세자가 생각을 밝혔다.

"옳으신 말씀이옵니다. 해방된 노비들을 적재적소에 투입해야 하옵니다. 기본적인 교육은 물론 삶의 터전도 나라에서 마련해 주어야 하고요. 그래야 극빈층으로 전락하지 않을뿐더러 국가 발전의 동력원이 될 수 있사옵니다."

국왕도 동조했다.

"그래야지. 그런 준비를 하기 위해서는 2년의 시간도 짧다. 그러니 그 기간을 최대한 잘 활용해야 할 게다."

"명심하겠사옵니다. 공노비가 해방되면 지속적으로 사람을 풀어 여론도 챙기겠사옵니다."

"그렇게 하라."

"황감하옵니다. 그리고 정책 홍보에 유생들을 적극 활용해 보려고 하옵니다."

국왕의 용안을 크게 떴다.

"너와 함께 공부하는 유생들을 말이냐?"

"그러하옵니다. 유생들은 이번에 여의도를 다녀오면서 큰 깨달음을 얻었사옵니다. 그런 유생들이 적극 동조한다면 여론 형성에 큰 도움이 될 것이옵니다."

"좋은 생각이다. 음!"

국왕이 잠시 생각하다 제안을 했다.

"그런데 함께 공부한 지 3년이면 꽤 오래되었다. 기왕 네가 그런 생각을 하고 있다면, 이번 기회에 새로운 유생들을 선발하는 게 좋겠구나."

같은 유생과 너무 오래 같이 있다 보면 이런저런 말이 나올 수 있다. 그래서 세자도 시기를 봐서 유생들을 교체해 달라고 건의할 생각이었다.

세자가 적극 동조했다.

"소자도 그런 생각을 하고 있었사옵니다."

"오! 그렇다면 다행이구나."

대화는 길었으나 결정은 빨랐다.

국왕은 그 자리에서 세자가 제안한 정책을 윤허했다. 그리고는 며칠 동안 머리를 맞대고서 노비 해방 계획을 세심히 다듬었다.

❀

그리고 어느 날.

조강을 마치고 세자가 유생들을 불렀다.

"오늘 그대들을 부른 건 이유가 있어서야."

유생들은 긴장했다.

세자의 목소리와 느낌이 평상시와 많이 달랐기 때문이다. 그리고 이어진 교체 발표에 유생들은 아쉬움을 감추지 못했다.

그런 유생들을 세자가 위로했다.

"너무 아쉬워하지 않았으면 해. 지금은 잠시 헤어지지만, 우리는 앞으로 같은 길을 함께 가야 하는 사람들이잖아."

세자의 말에 유생들의 눈이 빛났다.

모두를 대표해 조인영이 나섰다.

"저하의 하교가 맞사옵니다. 만남이 있으면 헤어짐도 있기 마련이옵니다. 지금은 비록 잠시 헤어질지 모르지만, 더 많은 만남을 위한 이별임을 잘 알고 있사옵니다. 그리고 저희들은 언제까지나 저하께서 가시는 길을 함께 갈 것이옵니다."

김유근도 적극 동조했다.

"그러하옵니다. 신 등은 이미 세자 저하와 같은 길을 가겠다고 맹세했사옵니다."

"오! 그래."

정원용도 나섰다.

"지난번 여의도를 다녀오고 나서 저희끼리 따로 회합을 가졌사옵니다. 거기서 개혁을 추진하시는 저하를 지지하자는 뜻을 모았사옵니다."

"고마운 일이구나."

세자가 모두를 보며 제안했다.

"그대들과 내가 이렇게 모이게 된 것도 인연이야. 그래서 하는 말인데, 우리가 주기적으로 만나는 건 어떻게 생각해?"

유생들이 반색했다. 그런 분위기를 담아 김유근이 넙죽 엎드렸다.

"불감청 고소원이옵니다."

"하하하!"

"하하하!"

한바탕 웃음이 쏟아졌다.

웃음이 그치고 세자가 모임의 성격을 설명했다.

"나는 그대들과 주기적으로 만나서, 앞으로 추진해야 할 개혁에 대한 의견을 주고받았으면 해. 아! 그렇다고 너무 무겁게 생각하지는 말고. 그냥 국가 개혁을 위해 무엇을 하면 좋겠는지 고민해 보자는 의미야."

유생들이 크게 놀랐다.

이들은 단지 화합 차원에서 모임을 갖자는 줄 알았다. 그런데 지금의 조선에서 가장 중요한 개혁을 논의해 보자고 한다.

유생들은 서로를 바라보며 눈을 빛냈다. 아직 스물이 안 된 나이들이지만, 세자의 말이 얼마나 중요한 의미인지 모르지 않았다.

조인영이 정중히 몸을 숙였다.

"황감하옵니다. 미력하나마 성심을 다해 받들겠사옵니다."

유생들이 동시에 소리쳤다.

"성심을 다해 받들겠사옵니다."

세자가 유생들을 보며 고개를 끄덕였다. 그런 세자의 눈빛은 그 어느 때보다 빛났다.

'그대들은 나와 함께하며 권력을 향유할 꿈을 꾸겠지. 스스로 그만한 역량이 있다고 자부하고 있으니 말이야. 맞아. 나도 결정적 잘못이 없다면 그렇게 해 줄 생각이야. 그러나 그냥은 안 돼. 그대들이 이제부터 해 줘야 할 일이 많아. 특히 노비 해방과 같은 민감한 사안일수록 더 그래.'

세자가 전생을 살았다고 해서 역사를 전부 아는 건 아니다. 그러나 여덟 명 유생들의 이름은 어렵지 않게 기억했다.

그만큼 이들이 역사에서 중요한 역할을 했다는 의미다. 그리고 직접 겪어 봐도 그럴 정도의 역량은 충분히 갖추고들 있었다.

'나는 그대들에 대한 기대감이 커. 그대와 같은 인재들이

앞장선다면 개혁이 훨씬 더 탄력을 받을 수 있기 때문이야.'

인사를 마친 유생들이 돌아갔다.

유생들은 세자의 인정을 받았다는 데 고무되어 있었다. 그래서 돌아가는 발걸음은 그 어느 때보다 가벼웠다.

❀

다음 날.

국왕이 편전에서 공표했다.

"시강원에서 세자와 수학하는 유생들이 벌써 3년이 지났소. 너무 오래 같은 사람끼리 지내다 보면 이런저런 문제가 발생할 수 있소이다. 그래서 과인은 이번에 새로운 유생들을 선발하려고 하오."

편전이 크게 술렁였다.

국왕의 결정에 유생 집안 중신들은 아쉬웠다. 그러나 이들도 세자와 자신들의 후손이 계속 함께하는 게 무리라는 걸 알고 있었다.

3년은 충분히 긴 시간이었다. 더구나 세자와 모임을 만들게 되었다는 말을 들은 후였다.

그래서 자연스럽게 한발 물러섰다.

국왕이 선포했다.

"유생 선발은 이전의 예를 좇을 것이오. 그러니 조정에서는 과인의 뜻을 잘 헤아려서 이번 일을 추진하시오."

"명심하여 거행하겠사옵니다."

어명이 떨어지자 한양이 들썩였다.

특히 북촌 일대는 3년 전보다 훨씬 더 분주하게 움직였다. 그만큼 세자의 위상이 그때와는 비교할 수 없을 정도로 달라 졌기 때문이다.

그래서 더 많은 유생이 지원하면서 경쟁도 치열했다. 이런 분위기와 달리 세자는 조금의 흐트러짐 없이 자신의 일에 집 중했다.

그러던 10월 초.

드디어 기다리던 기술 개발이 성공했다. 세자가 탁자에 놓 인 통조림을 보며 크게 기뻐했다.

"이야! 드디어 완성했네요. 고생하셨습니다, 청장님."

기술개발청장 박지원이 환하게 웃었다.

"허허허! 감사하옵니다. 그러나 인사는 저보다 여기 있는 상 무사 공업부가 받아야 하옵니다. 상무사 공업부가 양철 개발 에 성공을 못했다면 통조림 개발은 불가능했을 것이옵니다."

세자의 시선이 옆으로 돌아갔다.

그 시선을 받은 상무사 공업부장이 몸을 숙였다.

"고생했어요. 박 청장님도 말씀하셨지만 공업부의 공이 커요."

공업부는 제철소 운영을 담당한다.

개혁군주

그래서 공업 발전에 필요한 모든 철강 제품 생산을 책임지고 있었다. 이런 공업부의 수장은 군기시 별좌(別坐) 출신의 장인권이다.

군기시는 군사 무기를 생산, 관리하는 아문이다. 그래서 수백 명의 장인이 소속되어 있었다. 별좌는 정5품으로, 장인 최고의 관직이다.

"황감하옵니다. 저하의 조언이 있었기에 양철을 개발해 낼 수 있었사옵니다."

박지원도 동조했다.

"옳은 말입니다. 저하께서 기초를 잡아 주신 덕분에 통조림 제작 기계를 만들 수 있었습니다."

세자가 확인했다.

"아! 맞아. 어떻게 기계는 잘 구동되고 있나요?"

"물론입니다."

박지원이 통조림을 들었다.

"기계가 있었기에 이런 식으로 양철을 접는 밀봉 기술 적용이 가능했사옵니다. 그렇지 않았다면 제대로 된 통조림을 만드는 데 상당한 시간이 걸렸을 것이옵니다."

"다행이네요."

세자가 통조림을 들었다. 그리고 따개를 들어 통조림을 따려 했으나, 장인권이 황급히 만류했다.

"저하, 신이 하겠사옵니다. 양철이 칼처럼 날카로워, 잘못했다간 크게 다칠 수가 있사옵니다."

세자가 선선히 넘겼다. 자신이 따려다 다치기라도 한다면 공연한 사람들이 곤욕을 치를 수 있었다.

"그러세요. 기왕이면 몇 개를 같이 따 보세요."

장인권이 능숙한 솜씨로 뚜껑을 땄다.

세자는 그릇을 가져오게 해서 내용물을 전부 쏟았다. 그리고 세심히 살피며 시식했다.

"위생 관리는 철저히 했겠지요?"

조선에는 병균에 대한 개념이 없다. 그래서 세자는 살균을 위생 관리로 바꿔 지시해 놓았다.

장인권의 목소리에 힘이 들어갔다.

"물론이옵니다. 내용물은 전부 삶거나 끓여서 가공했사옵니다. 공기가 들어가지 않도록 공간을 내용물로 완전히 채웠고요. 그래서 모든 통조림은 덥히거나 그대로 먹을 수 있사옵니다."

"거듭 말씀드리지만, 위생 관리를 철저히 해야 해요. 내용물을 철저하게 가공하지 않으면 통조림 안에서 부패합니다. 그리되면 내용물을 먹지 못하게 될뿐더러, 자칫 먹었다가는 치명적인 위험이 발생합니다."

박지원이 나섰다.

"너무 성려하지 않으셔도 됩니다. 신이 알기로 장 부장이 철저하게 관리 감독을 하고 있어서 불상사는 일어나지 않을 것이옵니다."

세자가 거듭 당부했다.

"장 부장이 잘 알아서 하겠지요. 허나 상단으로 기술이 이전되면 위생 관리를 소홀히 할 수 있으니, 거기에 대해 별도의 대책을 마련해 놓아야 해요."

장인권이 몸을 숙였다.

"위생 관리에 관한 체계를 확실히 잡아 두었사옵니다. 그 규정에 따르기만 하면 문제가 일어나지 않게 되어 있사옵니다."

"좋아요. 그런데 두 분은 통조림 기술을 어디로 이전하면 좋겠어요?"

박지원이 고개를 갸웃했다.

"보부상으로 넘기지 않으시고요? 보부상의 전매품 중에 염장생선이 통조림과 비슷한 역할을 하고 있사옵니다."

세자가 고개를 저었다.

"보부상은 지금 맡고 있는 부분만 해도 정신이 없어요. 그리고 경제를 활성화하기 위해서라도 다른 사람들에게 맡기는 게 좋아요."

박지원이 제안했다.

"공개 모집을 하시면 어떻겠사옵니까?"

장인권도 동조했다.

"그게 좋겠사옵니다. 공개 모집을 하게 되면 분명 많은 상단이 지원할 것이옵니다. 그리고 공장 설립에 필요한 조건과 비용, 기술 이전에 따른 대가를 미리 명시한다면 공정성도 충분히 살릴 수 있을 것이옵니다."

세자가 놀랐다.

"장 부장이 구체적인 방안까지 생각해 두었나 보네요."

장인권이 소신을 밝혔다.

"보부상이 왕실의 친위 세력이어서 배려해 주는 건 당연합니다. 하오나 그동안 너무 많은 특혜를 받아 왔습니다. 특혜가 계속되면 당연하게 생각할 우려도 있사옵니다. 더불어 혜택을 받지 못하는 상단들은 상대적인 박탈감을 갖게 될 것이고요. 그런 불만들이 쌓이면 경제 발전에 걸림돌이 될 수가 있사옵니다."

세자가 놀랐다.

"대단하네요. 장 부장이 이런 식견을 갖고 있을 줄 몰랐네요."

장인권이 머쓱해하며 몸을 숙였다.

"황공하옵니다. 소인이 주제넘게 말씀을 올렸사옵니다."

"아닙니다. 장 부장의 지적이 맞아요. 보부상에게 힘을 실어 주어야 하지만, 경제 발전을 위해서는 고루 혜택이 돌아가는 게 맞아요."

박지원이 지적했다.

"그래도 지금까지 보부상이 헌신한 공을 간과해서는 안 됩니다."

"물론이지요."

세자가 그 자리에서 결정했다.

"통조림은 백성들의 식생활 개선에 큰 몫을 하게 될 거예요. 그리고 군용식품으로의 활용도는 최고이고요. 그래서 군용은 보부상에 맡기고, 공개 모집은 일반용 통조림에 한하면 되겠네요."

박지원이 즉각 동조했다.

"좋은 결정이십니다. 보부상의 충성도는 따로 확인할 필요도 없으니만큼 군용 통조림을 맡기기에는 제격입니다."

세자가 지시했다.

"이 일은 장 부장이 전담해 주었으면 합니다."

"알겠습니다. 신이 책임지고 좋은 성과를 거둬 보겠습니다."

❁

다음 날.

세자는 통조림을 갖고 편전을 찾았다. 국왕과 중신들은 처음 보는 통조림에 어리둥절했다.

그러나 세자의 설명과 시식이 이어지자 중신들은 통조림의 효용 가치를 대번에 알아봤다.

국왕도 누구보다 관심이 많았다.

"놀랍구나. 음식을 보관할 수 있다는 것도 대단한데, 몇 년이고 상하지 않는다니. 산간오지에 사는 백성들도 통조림이 보급되면 생선을 자주 먹을 수 있겠구나."

"그렇사옵니다. 염장 생선은 날이 선선할 때는 몇 개월 정도는 보관 가능합니다. 그러나 더운 여름에는 소금에 절여도 쉽게 상합니다. 그런 단점을 이 통조림이 완벽히 보완해 줄 수 있사옵니다."

"그렇겠구나."

세자가 단점도 밝혔다.

"통조림은 밀봉을 완전히 해야 합니다. 그러지 않으면 내용물이 부패하게 되어 치명적인 피해가 발생할 수 있사옵니다. 그래서 통조림은 반드시 정해진 방식대로 제조해야 하는데, 그에 따른 법을 제정할 필요가 있사옵니다."

영의정 이병모가 나섰다.

"저하! 법까지 제정할 필요가 있사옵니까? 그대로 놔둔다고 해서 쉽게 만들 수 있을 것 같지도 않은 물건이옵니다."

"반드시 그렇게 해야 해요. 그러지 않고 아무나 만들게 되면 살인 무기를 만드는 거나 다름없습니다."

국왕이 놀랐다.

"부패한 내용물이 그렇게 위험하단 말이냐?"

"예, 그러하옵니다. 철저하게 위생 관리를 지켜 가며 만들지 않으면 반드시 문제가 발생합니다."

국왕이 동의했다.

"그렇다면 엄히 관리하도록 법을 제정하는 게 맞겠다."

"황감하옵니다."

세자가 제조 기술을 공개 매각하겠다는 계획을 밝혔다. 이 말을 들은 중신들의 관심이 폭증했다.

심환지가 다시 확인했다.

"저하, 상단이 아니어도 누구든 입찰할 수 있단 말이옵니까?"

"그렇습니다. 공장 설립에 필요한 자본을 마련할 수 있다면 누구나 입찰 가능합니다. 필요한 기술은 상무사 공업부가 전수해 줄 것입니다."

"개인뿐 아니라 가문도 관계없사옵니까?"

"물론입니다. 자금이 부족하면 여러 사람이 합작해도 됩니다."

"합작을 하면 문제가 생기지 않사옵니까?"

세자가 해결책을 제시했다.

"주식을 발행하면 됩니다."

심환지가 곤혹스러운 표정을 지었다.

"주식이 무엇입니까?"

세자는 상선에게 큰 종이를 가져오게 했다. 그리고 주식과 주식회사의 개념에 대해 설명했다.

영의정 이병모가 탄성을 터트렸다.

"참으로 공평한 방법이군요. 투자한 금액만큼의 권리를 행사한다면 쓸데없는 분쟁이 발생하지는 않겠사옵니다."

"그렇습니다. 좋은 점은 주식은 회사가 발전하면 실질 가치가 높아진다는 겁니다. 그렇게 높아진 주권을 제삼자에게 매각해 차익을 실현할 수도 있고요."

"반대로 잘못될 수도 있지 않겠습니까?"

"물론입니다. 투자 선택에 따른 책임은 당연히 본인이 져야 하는 법이지요."

세자의 설명에 편전이 더 술렁였다.

이전의 공장은 가내수공업 정도로 열악했다. 그래서 공장은 상단이 한다는 고정관념이 있었다.

그러나 개혁이 시작되면서 달라졌다.

공장은 수백, 수천 명을 고용할 정도로 대규모가 되었다. 이런 공장은 막대한 부를 창출할 수 있다는 사실도 알려졌다.

그런데 이번에 통조림 가공 기술을 공개 매각하겠다고 한다. 좋은 기회가 왔다는 사실에 중신들의 관심이 폭증했다.

세자가 정리해 주었다.

"통조림 공장은 생선과 육류 가공 공장, 그리고 과일 가공 공장을 따로 구분해 입찰할 예정입니다. 각 공장은 두 곳씩 네 곳을 둘 예정입니다."

"지역을 구분한단 말씀입니까?"

"그렇지는 않습니다. 하지만 교통의 편리성을 도모하기 위해 공장 위치는 한양을 기점으로 북쪽과 남쪽에 둘 예정입니다."

중신들의 질문이 쏟아졌다.

세자는 이들의 관심에 놀라면서도 성실히 답변해 주었다. 그렇게 정보를 모두 얻은 중신들은 서둘러 편전을 나갔다.

비워진 편전을 보며 국왕은 어이없어했다.

"중신들이 약속이나 한 것처럼 한꺼번에 빠져나가는 건 처음이구나."

상선이 설명했다.

"통조림 공장에 관심들이 많은 것 같사옵니다."

"허허, 그것참."

국왕이 탐탁지 않아 했다.

그러나 세자의 생각은 달랐다.

"아바마마, 중신들은 대부분 유력 가문 출신들입니다. 유력 가문들은 대부분 상당한 자본을 갖고 있고요. 그런 가문이 투자에 관심을 갖고 되면 경제 발전에 큰 도움이 되옵니다."

"그래?"

"서양이 지금처럼 부강한 나라가 된 건 투자 활성화 덕분입니다. 지금까지는 상무사가 경제 발전을 견인해 왔지만, 앞으로는 민간 자본이 대거 유입되어야 합니다. 그래야 경제가 더 활성화되옵니다. 소자는 이번에 그 단초가 풀릴 것 같아서 고무적이옵니다."

국왕이 바로 생각을 바꿨다.

"네가 그렇다면 맞겠지. 알겠다. 과인이 도와줄 일은 없느냐?"

"통조림 제조 기술을 공개 매각한다는 사실을 조보(朝報)에 공시하였으면 합니다."

"공신력을 높이자는 말이구나."

"그러하옵니다. 상무사가 공고하는 것보다 조보 게재가 훨씬 더 관심을 끌게 될 것이옵니다."

"알았다. 도승지는 기별서리에게 지시해, 본 사안을 즉시 조보에 게재토록 하라."

"명심하여 거행하겠사옵니다."

조보는 지금의 관보(官報)다.

이런 조보에 매각 공고가 게재된 건 이번이 처음이었다. 그 바람에 통조림 공장이 세워지기 전에 관심이 폭증했다.

❁

11월 중순.

통조림 기술 매각이 결정되었다.

공개 매각에는 조선의 대부분 상단과 유력 가문들이 대거 지원했다. 놀랍게도 공장이 들어설 네 곳 중 두 곳에 경화 사족 가문이 선정되었다.

공장을 상단이 아닌 양반 가문이 만들겠다고 나선 것이다. 이 두 곳은 여러 가문이 공동으로 참여했다.

이뿐이 아니었다. 상단이 선정된 두 곳에도 경화 사족의 자본이 상당 부분 들어가 있었다.

세자는 이런 상황에 큰 의미를 부여했다.

유력 가문의 사업 참여는 부를 집중시킬 여지가 많다. 그러나 자본 유치는 경제 발전을 위해 반드시 필요한 절차였다.

이러한 자본 참여는 상업을 바라보는 시선이 그만큼 달라졌다는 의미다. 그만큼 개혁이 대세의 흐름으로 확실하게 자리 잡아 가고 있었다.

이런 와중에도 유생 선발은 멈추지 않았다. 덕분에 통조림 기술이 매각되고 얼마 지나지 않아 십여 명의 유생들이 새로 선발되었다.

"처음 뵙겠습니다, 저하. 소인은 전 목사이신 권, 제(濟)자 응(應)자 어르신의 손자인 권돈인(權敦仁)이라고 하옵니다. 올해 열여덟이며, 관향은 안동(安東)이옵니다."

이어서 유생들이 줄줄이 인사를 했다.

인사가 끝나자 김 내관이 옆에서 조용히 보고했다.

"이번에 선발된 유생들은 지난번의 유생 가문이 아닌 집안에서 선발했다고 하옵니다."

"일부러 그렇게 했다는 말이야?"

"예. 공평하게 기회를 주어야 한다는 청원이 많았다고 하옵니다. 그래서 주상 전하께서도 상당히 고심을 많이 하셨고요."

"음! 그래서 이전과는 성씨가 달랐던 거구나."

"예, 저하. 그리고 능력이 조금 떨어지더라도 이번에는 인원을 맞춰 선발하셨다고 하옵니다."

"뭐, 골고루 선발하면 좋지."

세자가 유생들을 바라봤다. 그런 눈빛을 받은 유생들은 급히 몸을 숙였다.

"너무 경직될 필요는 없어. 나에 대해서는 전임 유생들에게 들은 말이 있을 거야. 그러니 선만 넘지 않도록 조심하면 돼. 그러면 지내는데 힘들지는 않을 거야."

권돈인이 나섰다.

"앞으로 잘 부탁드리옵니다. 소인들은 대궐 법도에 대해서도 모르는 게 많사옵니다. 하오니 잘못하는 점이 있더라도 널리 해량해 주시옵소서."

세자의 눈이 빛났다. 첫 만남에 이렇게 당당히 생각을 밝힌 유생은 처음이었기 때문이다.

"열여덟이라고 했지?"

"그러하옵니다."

"자는 어떻게 되지?"

"경희(景羲)이옵니다."

"음! 열여덟이라면 이번 유생 중 나이가 가장 많겠네?"

"그러하옵니다."

"이전 유생들과 생활하다 보니 아쉬운 점 중 하나가 유생 대표가 없다는 거였어. 그래서 이번에는 유생 대표를 선발하려고 하는데, 경희가 대표를 맡아보지 않겠어?"

권돈인의 몸이 급히 숙여졌다.

"송구하오나 영을 거두어 주셨으면 하옵니다."

세자가 눈을 빛냈다.

"왜? 무슨 문제가 있어?"

"대표는 중의(衆意)를 모아 선발해야 한다고 생각하옵니다. 저희 유생들이 비록 열 명에 불과하지만, 이 또한 조직이니 동기들의 의견을 수렴하는 절차를 밟도록 해 주시옵소서."

세자가 크게 고개를 끄덕였다.

"좋은 생각이야. 아무리 작은 조직이라도 경희의 말대로 해야 문제가 없겠지. 그러면 그 문제는 여러분들이 협의해서 결정하도록 해."

"황감하옵니다."

"자! 오늘은 처음이니 대궐을 둘러보도록 하자."

"예, 저하."

세자의 손짓에 김 내관이 앞장섰다.

"모두 저를 따라오시지요."

김 내관이 앞장서고 유생들이 그 뒤를 따랐다. 그런 유생의 뒤를 세자는 천천히 따라갔다.

또 다른 인연의 시작이었다.

세상이 바뀌고 있다

선발된 유생들은 의외로 적응을 잘했다.

유생들은 세자에 대해 상당한 경외감을 품고 있었다. 그럴 정도로 세자가 그동안 이룩해 놓은 성과가 대단했기 때문이다.

세자에 대해 유생들은 하나라도 더 알고 싶어 했다. 심지어 일부는 상무사 사업에 참여하고 싶다는 의사를 피력하기까지 했다.

그래서 조강은 늘 열기가 넘쳤다.

세자도 이런 열기에 호응해 매일 토론을 개최했다. 유생들은 토론에 적극 참여했다. 토론 주제는 다양했으며, 늘 격론이 오갔다.

세자는 토론에 노비 문제도 올렸다.

노비 문제가 처음 나왔을 때, 유생들은 놀라 허둥대며 제대로 대응을 못 했다. 그만큼 민감한 사안이었으며 거의 금기시 되어 왔기 때문이다.

그러나 차츰 유생들은 하나둘 의견을 내기 시작했다. 유생들은 세자를 추종하면서도 이 문제에서만큼은 대부분 부정적이었다.

세자도 이런 상황은 예견했다.

노비 해방은 나라의 근간을 완전히 바꾸는 막중대사다. 그런데 나라를 이끌어 가는 양반들에게 도움이 되지 않는 게 문제다.

아니, 농장 운영을 비롯해 실생활에서도 큰 어려움을 겪게 된다. 그래서 반발은 당연했고, 자칫 국론까지 분열될 수 있었다.

이런 사정이 있었기에 국왕도 쉽게 결정을 내리지 못했다. 그러다 세자의 제안에 동조하면서도 2년의 준비 기간을 제기한 것이다.

세자는 유생들을 적극 설득했다.

유생조차 설득하지 못한 정책은 실현 불가능하다는 판단 때문이었다. 다행히 이전 유생들은 이런 노력으로 생각을 바꾸었었다.

세자는 그 경험을 되살리며 유생들을 꾸준히 설득해 나갔다. 노비 문제는 으레 난상 토론으로 이어졌으며, 그때마다 세자는 노비도 조선의 백성임을 강조했다.

수시로 이전 유생들도 초대했다.

이들은 세자와 노비 문제로 많은 의견을 나눈 경험이 있었다. 수많은 토론을 거치면서 의식은 처음과 상상할 수 없을 정도로 열려 있었다.

그들은 새로운 유생들에게 세자의 의견을 좇을 것을 권유했다. 그러며 거스를 수 없는 대세라면 흐름에 적극 동참하라는 당위성을 설파했다.

❁

12월 하순.

국왕이 상참에서 마침내 이 문제를 꺼냈다.

"우리는 지난 몇 년간 나라를 발전시키기 위해 온 나라가 매달려 왔소이다. 다행히 그런 노력이 성과를 거두면서, 백성들의 삶은 이전과는 비교할 수 없을 정도가 되었소."

영의정 이병모가 적극 동조했다.

"옳은 말씀이옵니다. 호환보다 무서웠던 마마로 인한 고통이 사라졌사옵니다. 거기다 대월에서 해마다 들여오는 백만여 석의 양곡으로 인해 보릿고개가 없어졌사옵니다."

호조판서 이서구도 동조했다.

"상무사의 대외 교역으로 세수 부족 현상도 완전히 없어졌사옵니다. 덕분에 많은 사업을 추진할 수 있게 되었으며, 조정과 경아전의 급여도 현실화할 수 있게 되었습니다."

이어서 몇몇 중신들이 개혁 성과를 칭송했다.

그런 말을 듣던 국왕이 드디어 본론을 꺼냈다.

"나라가 발전할수록 인력 수요는 급격히 늘어나게 되어 있소. 부국강병을 위해서도 마찬가지요. 그러나 조선의 인구는 한정되어, 시간이 지날수록 문제가 발생하고 있소이다. 그래서 과인은 지금까지 논외의 대상이었던 노비를 해방해서 나라 발전에 투입했으면 하오."

편전이 급격히 얼어붙었다.

편전 분위기는 오회연교 때보다 더 싸늘했다. 의외였던 점은 격한 반발은 터져 나오지 않았다.

이때, 심환지가 나섰다.

"전하! 노비 제도는 수천 년 전부터 이어 온 나라의 고유 전통이옵니다. 그런 전통을 어떻게 일조일석에 없앨 수 있겠사옵니까? 그리고 노비라고 해서 모두가 고생하는 것은 아니옵니다. 통촉하여 주시옵소서."

심환지는 벽파의 영수다.

그런 그가 반대하고 나서자 편전의 분위기는 더 냉각되었다. 그러나 워낙 첨예한 문제여서인지 쉽게 호응하는 사람이 나오지는 않았다.

국왕도 이 의견을 부정하지 않았다.

"좌상의 말처럼 노비는 고래로 이어 온 우리의 전통이오. 그런 전통을 과인도 단번에 없앨 생각은 없소이다. 그러나 노비도 조선의 백성임은 분명한 사실이요. 그런 노비들을 언제까지고 물건 취급할 수는 없지 않겠소? 더구나 군역이나 공역을 지지 않으려고 일부러 노비가 되는 경우도 많이 발생한다고 들었소이다."

이 말에는 누구도 반박을 못 했다.

심환지가 나섰다.

"노비를 인격적으로 대우하자는 하교에는 신도 적극 찬성하옵니다. 하온데 노비는 누대를 반가에 소속되어 각종 현안을 책임져 왔사옵니다. 그런 노비들이 없다면 당장에 문제가 되옵니다."

이때부터 중신들의 반대가 이어졌다.

국왕은 중신들의 반대 발언에 조금도 반박하지 않았다. 아니, 깊이 경청했으며 때로는 적극 동조하기까지 했다.

처음에는 국왕의 반응을 중신들은 눈치채지 못했다. 그러다 몇 사람의 발언이 이어지고 나서야 하나둘 알아챘다.

중신들은 어리둥절했다.

국왕은 노비 해방을 주장했다. 그런데 그걸 반대하는 중신들의 발언을 대부분 동조하고 있었다.

심환지가 다시 나섰다.

"전하! 전하께오서는 신들이 주장하는 의견을 대체로 인정하고 계시옵니다. 그런 전하께서 어찌 노비를 해방하자는 말씀을 하시는지 이해가 되지 않사옵니다."

국왕이 한숨을 내쉬었다.

"후! 이보시오, 좌상. 좌상은 열 손가락 깨물어 아프지 않은 손가락이 있소?"

갑작스러운 질문에 심환지가 당황했다.

"어, 없습니다."

"그것 보시오. 양반도 양민도 노비도 모두 과인의 백성들이오. 그런 백성 중 양반을 대표하는 중신들이 자신들 입장을 담아 의견을 내는데, 그걸 아니라 할 수는 없지 않겠소? 그렇다고 대를 이어 축생(畜生)처럼 살아가는 노비들을 구제하지 않을 도리도 없는 일 아니오?"

심환지의 목소리가 높아졌다.

"모두가 옳다 하시면 어찌하옵니까? 이런 문제일수록 이현령비현령 하면 아니 되옵니다."

"과인도 모르지 않아요. 노비 해방 문제는 사람의 미래를 결정하는 일이어서 절대 그렇게 처리할 수는 없지요. 그러나 노비가 재산이란 경들의 말도 틀리지 않아서 동의한 것이오."

"노비에 대한 신들의 입장을 이해해 주서서 감읍하옵니다. 하오시면 그 문제는 어떻게 처리하려 하시옵니까?"

심환지의 말이 묘하게 달라졌다. 처음에는 반대하던 그가 은근히 해결 방안을 물어 온 것이다.

국왕은 벽파의 수장인 심환지와 은밀히 국정을 논의해 오고 있었다. 노비 문제도 수십 차례 서신을 주고받으며 의견 조율을 마친 상황이었다.

더구나 이 문제는 세자가 대처 방안을 마련해 두고 있었다. 그래서 국왕이 자신 있게 나갔다.

"노비가 거래되는 가치가 얼마요?"

호조판서 김화진이 나섰다.

"아이를 낳을 수 있는 비(婢)는 면포 120필이며 장정은 100필이옵니다. 그리고 어린 여자아이와 늙은 여종은 60필이며, 남자아이와 늙은 노(奴)는 면포 50필이옵니다."

"소는 한 마리에 얼마요?"

"면포 400필이옵니다."

국왕의 용안이 와락 찌푸려졌다.

"사람이 소보다 못하다는 말이오?"

"……황공하옵니다. 그러나 시중에 통용되는 사정이 그렇게 진행되고 있사옵니다."

"으음! 참으로 통탄할 노릇이오이다."

편전이 조용해졌다.

조선은 노비의 신분 상승을 원천적으로 규제해 왔다. 그러나 후기가 되면서 부정한 방법으로 신분 상승을 도모하는 경우가 빈번히 발생했다.

이렇게 되자 '속대전'에 처음으로 노비의 속량을 규정했고, 그게 쌀 13석이었다. 노비의 신분 해방을 처음으로 명문화시킨 것이다.

노비는 공노비와 사노비로 구분된다.

그러나 이런 분류는 공사 구분만 나눈 것에 불과하며, 실제는 수많은 형태로 존속되고 있다. 특히 사노비는 솔거노비와 외거노비로 나뉘며, 외거노비 중 일부는 부를 축적해 별도로 노비를 거느리는 경우도 있었다.

국왕이 질문했다.

"시중에서 면포 한 필에 얼마나 하오?"

호조판서 김화진이 대답했다.

"면포 한 필이 두 냥이옵니다. 이를 노비의 몸값으로 환산하면 여종은 80냥이 되고 남자 종은 50냥입니다. 쌀 한 석에 넉 냥이니 속대전의 속량에 따르면 쉰두 냥이옵니다."

국왕이 고개를 끄덕였다.

"그렇구려. 그런데 외거노비는 1년에 한 번 정해진 면포를 주인에게 지불하고 있지 않소?"

"그러하옵니다. 구(口)당 어른은 두 필이며, 아이와 노인은 한 필이옵니다."

국왕이 바로 계산했다.

"노비의 거래 가격이 대략 외거노비 어른이 13년 동안 내는 몸값 정도구려."

"그렇다고 할 수 있사옵니다."

국왕도 이런 사실을 이미 잘 알고 있었다. 그럼에도 일부러 거론한 까닭은 중신들에게 재삼 주시시켜 주려 함이었다.

"경들도 이 같은 사정을 잘 알고 있을 것이오."

심환지가 몸을 숙였다.

"그러하옵니다."

"반가에서 거느린 노비는 외거노비가 솔거노비보다 많지 않소?"

"그러하옵니다. 솔거노비를 많이 거느리면 먹고 입히는 데 적잖은 비용이 들어갑니다. 그래서 대개는 밖에서 살게 하고 집에는 몇 명에서, 많아야 십여 명 정도를 거느리는 정도입니다."

심환지의 설명대로다.

노비 몸값이 소와 말보다 싼 데는 이유가 있다. 조선에서 노비는 생산력으로만 계산했다.

소와 말은 사람보다 몇 배의 일을 한다. 그럼에도 한 해 유지비용이 10냥 정도인데 비해 노비는 대략 50냥 정도 든다.

그래서 주인들은 노비들을 나가 살게 하고는 해마다 몸값만 받고 있었다. 물론 이런 노비들이 땅을 소작하는 비용은 별도로 받았다.

"흐음! 그렇다면 이렇게 하면 어떻겠소?"

중신들의 귀가 한껏 커졌다.

"사노비의 속량에 들어가는 비용을 상무사가 전부 부담토록 하겠소이다. 그렇게 되면 주인들의 부담이 한결 덜어지지 않겠소?"

중신들이 경악했다.

영의정 이병모의 목소리가 떨렸다.

"저, 전하. 노비의 숫자가 줄었다고 해도 수백만이옵니다. 그런 노비들의 속량을 상무사가 전부 책임지겠다니요. 그게 정녕 가능한 일이옵니까?"

국왕이 단호히 대답했다.

"물론 가능하오."

호조판서 김화진이 바로 나섰다.

"속대전의 규정에 따른다 해도 노비 한 구를 속량하는 데 쉰 두 냥이 들어가옵니다. 이를 기준으로 계산하면 노비가 백만이면 5,200만 냥이고, 300만이면 무려 1억 5,600만 냥이나 되옵니다."

억 소리에 중신들이 전부 입을 벌렸다.

"물론 아이들과 노인의 숫자가 절반 이상이니 실질적으로는 절반 정도 되겠지요. 그러나 그 또한 엄청난 금액이옵니다. 상무사가 요즘 큰 수익을 거두고 있다는 건 잘 알고 있사옵니다. 하오나 이렇게 엄청난 돈을 어떻게 전부를 부담한단 말씀이옵니까?"

"1억 냥이면 천은으로 얼마요?"

"……2,500만 냥이옵니다."

"천은 2,500만 냥이면 많기는 하구려."

"그렇사옵니다."

이어서 중신들은 다투어 반대 의견을 내놓았다. 그러나 이전처럼 강력하게 자신들의 주장만을 피력하지는 않았다.

의견을 듣던 국왕이 눈을 감았다. 그러자 중신들은 너무 많은 금액이어서 고심한다고 생각했다.

그러나 실상은 달랐다.

'역시 세자의 예상이 맞았네. 중신들 반응이 세자의 예상에서 한 치도 벗어나지 않아. 하긴, 나도 몇억이란 말을 들었을 때 놀랐었는데, 중신들은 더 말해 무엇 하겠어.'

국왕도 상무사가 속량을 책임지겠다고 할 땐 그저 좋게만 생각했었다. 그러나 세부 사항을 조율하면서 속량 금액이 몇억 정도가 될 거란 말을 듣고는 크게 놀랐었다.

그래서 주저했더니 세자는 자신 있게 그에 대한 해결 방안을 제시했었다. 국왕은 그 방안을 지금 중신들에게 밝히려 했다.

국왕이 눈을 떴다.

국왕이 중신들을 둘러보자 하나같이 긴장한 표정들이었다. 편전에는 바늘 떨어지는 소리조차 들리지 않았다.

"경들은 이 문제를 세자가 먼저 거론했다는 사실을 아실 거요."

중신들이 하나같이 고개를 끄덕였다. 이들은 이미 유생들을 통해 노비 문제가 꾸준히 거론되었다는 사실을 알고 있었다.

"솔직히 과인도 처음에는 많이 놀랐소. 수천 년을 이어 온 제도를 없애자는 세자의 말을 듣고는 바로 반대했었소. 그런데 단 한마디의 말이 과인을 움직이게 했소이다."

심환지가 말을 받았다.

"노비도 조선의 백성이라는 말씀이옵니까?"

"그렇소이다. 세자가 과인에게 이런 말을 했소이다. 다 같은 사람인데, 왜 노비는 축생 취급을 받아야 하느냐고요. 그래서 과인이 노비의 신분이 천해서 그렇다고 했소. 그런데 세자가 뭐라고 반문했는지 좌상은 아시오?"

심환지가 고개를 저었다.

"모르옵니다."

"《논어》에 나오는 사물(四勿)을 거론하더이다."

사물은 《논어》의 안연 편에 나오는 글로, 예가 아니면 보지 말고(非禮勿視), 예가 아니면 듣지 말고(非禮勿聽), 예가 아니면 말하지 말고(非禮勿言), 예가 아니면 행동하지 말라(非禮勿動)는 공자의 말씀이다.

"세자는 사물을 논하면서, 천하게 생각하면 상대를 하지 않아야 하는데, 서얼은 누가 만들고 왜 생겨나느냐고 반문하더이다. 그러면서 조선의 양반 중에서 첩을 거느리지 않은 사람이 얼마나 되느냐고 질문했소이다. 추궁과도 같은 그 말에 솔직히 과인은 답을 주지 못했소이다."

"……."

중신들 얼굴이 대부분 벌게졌다. 그럴 수밖에 없는 것이 이들 중 첩이 없는 사람은 거의 없었다.

국왕의 말이 이어졌다.

"서얼은 노비가 아닌 양반이오. 허나 대를 이어 신분의 족쇄를 차는 점은 동일하다 할 수 있소. 아니, 어쩌면 노비보다 훨씬 못한 삶을 산다고 할 수 있겠지. 이런 서얼의 차별을 철폐하기 위해서라도 신분제도는 손을 볼 때가 되었다고 생각하오."

여느 때였다면 서얼 철폐를 반대하는 목소리로 편전이 들썩였을 것이다. 그러나 서얼을 누가 만들었냐는 추궁을 들어서인지 누구도 나서지 못했다.

"……."

"국초에 양반은 전체 인구의 1할이 되지 않았소. 그러던 것이 지금은 이상으로 늘어났소이다. 양민의 숫자도 대폭 늘어났소이다. 반면에 노비의 숫자는 대폭 줄었소이다. 이렇게 인구 비례가 확연히 바뀌었음에도 문제가 된 적이 있소?"

영의정 이병모가 모처럼 대답했다.

"없었사옵니다."

"그렇소이다. 과인이 기록을 찾아봤는데 문제가 된 적이 단 한 번도 없었소. 과인의 치세에도 당연히 큰 문제는 없었소. 이렇다는 의미는 노비가 해방된다고 해도 큰 혼란은 일어나지 않을 거란 말과 다르지 않을 것이오. 아! 물론 사람의 일이니만큼 크고 작은 진통이 나타나기는 하겠지. 그러나 국가 발전을 위해서 우리는 과감한 결정을 해야 한다고 생각하오."

국왕이 손짓을 했다.

상선이 준비해 둔 서류를 돌렸다.

"읽어들 보시오. 그 서류는 세자가 정리한 것이오. 서류에는 노비 해방에 필요한 재원을 어떻게 마련할 것이고, 해방된 노비는 어디에 어떤 식으로 활용한다는 계획이 나와 있소."

중신들은 서류를 세심히 살폈다. 그러던 중신들에게서 탄성이 터져 나왔다.

"음!"

"허허! 이럴 수가."

세자가 정리한 계획은 중신들이 봐도 고개를 끄덕일 정도였다. 심환지가 먼저 고개를 들었다.

"실로 잘 정리된 계획서이옵니다. 이대로라면 노비 해방에 따른 피해를 최소화할 수 있겠사옵니다."

이병모도 동조했다.

"그렇사옵니다. 약간의 혼란이야 있겠지만, 2년의 준비 기간이 있으니, 그동안 대처를 잘하면 별문제는 없겠습니다."

호조판서 김화진은 문제점을 지적했다.

"외거노비 중 상당수는 속량을 부담할 능력이 되는 것으로 알고 있사옵니다. 그런 자들은 공사 현장에 가지 않으려고 자신의 돈으로 속량하겠다고 나서지 않겠사옵니까?"

국왕이 딱 잘랐다.

"그런 자들은 예외로 처리하면 되오. 아니, 자발적으로 양민이 되고자 하니 우대해 주어야겠지요."

이때부터 다양한 문제가 거론되었다.

문제가 거론될 때마다 국왕은 어렵지 않게 해결책을 제시했다. 때로는 다른 중신이 나서서 해결 방안을 제기하기도 했다.

격론이 벌어지지는 않았다. 그럼에도 민감한 사안이어서 상참은 늦은 오후까지 이어졌다.

상참이 끝나고 국왕이 늦은 점심을 먹고는 세자를 불렀다. 하루 종일 기다리고 있던 세자가 편전으로 넘어갔다.

국왕은 세자에게 상황을 전했다.

"……이렇게 되었다."

"놀랍사옵니다. 소자는 중신들의 반발이 심할 거라 예상했었는데, 전혀 예상 밖이옵니다."

"허허! 과인도 의외의 반응에 놀랐다. 다른 문제도 아니고 노비 해방인데, 이토록 반발이 없을 줄은 생각지도 못했다. 아마도 네가 이전부터 유생들과 노비 문제를 토론하며 미리 소문이 돌게 한 계획이 주효한 듯하구나."

세자도 인정했다.

"그런 것 같사옵니다."

"어쨌든 첫발은 잘 내디뎠다. 허나 아직 좀 더 시간을 두고 논의하기로 했으니 긴장의 끈은 놓지 말아야 한다."

"사람을 풀어 여론몰이를 적극적으로 추진하겠사옵니다."

"그렇게 하라. 이런 일은 백성들의 여론이 조정 중론을 모으는 데 큰 역할을 한다."

편전을 나온 세자는 즉시 비선조직을 가동했다. 군의 비선조직이 보안부대로 재편되었듯이, 익위사가 운용하던 비선조직도 정보부서로 재편되었다.

정보부서 수장은 이원수가 겸직하고 있었다.

세자의 지시에 이원수가 가동할 수 있는 최대 요원을 풀었다. 그로 인해 조선의 겨울은 노비 해방 문제로 후끈 달아올랐다.

◈

해가 바뀌고 2월이 되었다.

경희궁에 머물던 국왕이 창덕궁으로 이어한 다음 날, 대전에서 만조백관이 참석한 조회가 열렸다.

도승지가 국왕의 윤음을 반포했다.

"중용에 이르기를 나라를 다스리는데 구경(九經)이 있다고 했다. 그중 여섯 번째가 '자서민(子庶民)'이다. 이 말은 서민을 자식처럼 돌보라는 의미다. 주자께서는 이를 해석하기를 '백성을 내 아들과 같이 사랑하여 보살핀다.'라고 했다. 그러나 지금까지는 안타깝게도 이를 알면서도 행하지 못한 아쉬움이 많았다……. 그래서 과인은 오늘 모든 관아에 소속된 내

노비와 시노비를 해방하려 한다. 이를 위해 승정원은 노비안(奴婢案)을 모두 거둬 돈화문 앞에서 불태우게 하라. 해방된 노비들은 우선 상무사에 배속되어 3년간 봉사하여야 한다. 그런 자들에게는 양민과 똑같은 품삯을 지급해야 할 것이며, 이주에 필요한 경비도 상무사가 부담한다."

도승지가 잠깐 쉬었다.

"아! 과인이 어찌 감히 은혜를 베푼다고 하겠는가? 과인은 단지 선조께서 미처 행하지 못한 뜻과 사업을 보충할 따름이다. 너희들은 이후로 생업을 영위하며 즐겁게 삶을 구가하라. 그리하여 선조께서 너희를 아들처럼 돌보자 하신 고심을 본받는데 부응하도록 하라."

드디어 공노비 해방이 선포되었다.

공노비의 숫자는 7만여 명에 이르렀다.

이미 노비 해방에 대한 과정은 정보부의 활약으로 온 조선에 소문이 나 있었다. 그래서 공노비가 먼저 해방된다는 것은 알고 있었지만, 막상 면천이 되니 당사자들은 감격했다.

공노비 중 경아문에 소속된 노비들이 3만이 넘었다. 국왕의 윤음이 반포되자 이들 중 상당수가 돈화문으로 몰려갔다.

그리고 승정원이 노비안을 소각하는 현장을 직접 목격했다. 모여든 노비들이 두 팔을 번쩍 들며 소리쳤다.

"천세!"

"천세! 주상 전하 천세!"

울부짖는 사람, 땅을 치며 통곡하는 사람, 두 팔을 벌려 소리치는 사람. 그런 노비들을 구경하러 온 백성들로 돈화문 앞은 북새통이었다.

이전이었다면 상상도 못 할 일이었다. 그러나 사람들이 모여들어도 금군은 조금도 제재를 하지 않았다. 단지 대궐 앞으로 다가서지 못하게만 통제할 뿐이었다.

노비들을 구경하는 백성들 틈에 몇 명의 관복을 입은 무리가 있었다. 이들은 세자의 지시로 인도와 중동 시장 개척을 마치고 막 귀환한 오도원과 그 일행이었다.

오도원이 놀라워했다.

"대단하구나. 공노비 해방이라니. 몇 개월 사이 이런 일이 벌어졌을 줄 몰랐어."

상무사 직원이 동조했다.

"그러게 말입니다. 천지가 개벽했네요."

다른 직원이 부정적인 의견을 냈다.

"백성들의 말에 의하면 2년 후에는 사노비들도 면천된다고 했사옵니다. 그런데 거기에 들어가는 속량 비용을 전부 우리가 부담한답니다. 노비가 해방되는 건 좋은 일입니다. 허나 그 많은 비용을 전부 우리가 부담하는 건 문제 아닌가요?"

"으음!"

오도원이 침음했다.

그도 직원의 심정이 이해되었다. 그러면서 온갖 고생을 해서 벌어들인 수익을 일방적으로 투입하는 데 대한 아쉬움도 은근히 생겼다.

그러나 그는 이내 불편한 심정을 털어 냈다.

"말조심하도록 해. 세자 저하께서 추진하시는 일에 왈가왈부 하면 안 돼. 우리 덕분에 노비들이 해방되면 좋은 일이잖아."

"그렇기는 합니다만, 왠지 아쉬운 느낌이 들어서요. 고생 은 우리가 하는데 이득은 다른 이가 보잖아요."

"나라 발전을 위해 필요하니 그렇게 하시려는 거겠지."

"저도 그렇게는 생각합니다."

"자! 그만 구경들 하고 들어가자. 세자 저하께서 기다리고 계시다."

"예, 알겠습니다."

오도원이 직원들을 다독이고는 동궁을 찾았다.

몇 개월 만에 귀환한 이들을 세자가 환대했다.

"어서들 오세요."

"오랜만에 뵙습니다. 저하! 그간 강녕하셨사옵니까?"

"하하! 나는 보다시피 잘 지내고 있어요. 그보다 오 부대 표와 직원들은 문제가 없나요?"

"몇 명의 직원이 학질(瘧疾)에 걸려 고생을 했었습니다. 다 행히 바타비아에서 수입한 약재 덕분에 어려움을 이겨 내고 회복했사옵니다. 신기정도 큰 도움이 되었고요."

신대륙에 진출한 유럽인들이 가장 무서워했던 것이 풍토

병이었다. 이런 풍토병 중 단연 으뜸은 학질로 불리는 말라리아였다.

처음에는 말라리아에 대한 치료제가 없었다. 백약이 무효했으며, 몸을 떨다 고열로 죽어 가는 환자를 보며 사람들은 신의 노여움이라 생각했다.

그러던 17세기.

페루에 부임했던 스페인 총독 부인이 말라리아에 걸렸다. 모두가 죽었다고 생각하고 있을 무렵, 총독 부인을 시종하던 원주민 하녀가 무언가를 가져다 먹였다.

원주민들에게 구전되어 오던 약이었다. 그런데 약을 먹은 총독 부인이 바로 회복되었다. 놀란 총독은 하녀를 추궁해 키나 나무 껍질을 달인 물이란 사실을 알게 되었다.

이렇게 발견된 치료제가 키니네(Quinine)다. 이 키나 나무는 스페인 왕실의 독점품목이 되었다.

그러나 영국과 네덜란드는 온갖 수단을 동원한 끝에 키나 나무를 빼돌리는 데 성공했다. 그렇게 빼돌린 키나 나무를 인도와 바타비아에서 대량 재배에 성공했다.

조선에도 학질은 풍토병처럼 존재했었다.

그래서 서양과 교역을 시작하자마자 세자는 이 약재를 수입해 보급했다. 다행히 그 후 학질로 사망하는 경우는 크게 줄었으며, 남방원정에는 상비약으로 사용되고 있었다.

"후유증은 없나요?"

"체력이 많이 쇠약해진 것을 제외하면 특별한 후유증은 없사옵니다."

"불행 중 다행이네요."

오도원이 눈짓을 했다. 그러자 동행한 직원이 상자 하나를 탁자에 올렸다.

"저희가 처음 도착한 곳이 포르투갈의 식민지인 고아(Goa)라는 항구입니다. 다행히 화란양행 직원이 동행해 별다른 마찰은 없었으며, 이 상자에는 그때 처음으로 구매한 후추가 들어 있사옵니다."

세자가 상자를 열었다. 상자 안에는 통후추가 한가득 들어 있었다.

"의미 있는 물건이네요."

"맞습니다. 인도와의 직교역의 첫 거래 품목이어서 이렇게 상자에 담아왔습니다."

세자가 상자를 덮고서 김 내관을 불렀다.

"김 내관은 이 후추를 잘 보관해 놓도록 해."

김 내관이 의의를 지적했다.

"장차 무역박물관이 만들어지면 주요 전시 품목 중 하나가 되겠사옵니다."

"그렇게 되겠지."

"알겠습니다. 잘 보관해 놓겠사옵니다."

김 내관이 물건을 들고 나갔다.

세자가 그 모습을 바라보다 고개를 돌렸다.

"인도를 어디까지 둘러봤어요?"

"저하께서 지시하신 대로 해안 도시를 죽 둘러봤습니다. 그러면서 서양이 점령한 도시는 총독이나 시장을 만났으며, 다른 지역은 토후나 번국(藩國)의 왕궁을 직접 찾아갔습니다."

세자가 놀랐다.

"번국의 왕궁까지 찾아갔다고요?"

"예, 인도에는 수많은 인종이 살아가고 있었사옵니다. 그런 부족들은 크고 작은 번국을 영위하고 있었는데, 그 숫자가 무려 오백 개가 넘는다고 합니다."

"오백 개가 넘어요?"

"예. 저도 그 말을 듣고 놀랐습니다. 그래서 모든 번국을 둘러보지는 못하고, 해안 부근 십여 개의 번국은 직접 찾아갔사옵니다."

오도원이 서류를 내밀었다.

"이번 여정을 기록한 서류이옵니다."

세자가 바로 받아서 서류를 넘겼다. 두 사람은 한동안 서류를 보며 대화를 주고받았다.

세자가 흡족해하며 서류를 덮었다.

"우리와 교역을 반대하는 왕국은 없네요?"

"인도는 유럽 제국들이 수백 년 전부터 진출한 상태입니다. 그래서 타국과의 교류에 거부감이 전혀 없었습니다. 아니, 오히려 우리들의 방문을 반기면서 신제품에 대해 큰 관심을 보였사옵니다. 그런 관심 덕분에 첫 교류임에도 큰 수익을 거둘 수 있었고요."

세자가 서류를 넘기며 흡족해했다.

"예상보다 실적이 좋네요. 혹시 인도에 진출해 있는 서양 제국들이 문제를 삼지는 않던가요?"

"프랑스의 식민지인 퐁디셰리 총독이 우리에 대해 경계심을 보였사옵니다. 하오나 화란양행 상인들이 중재를 잘해 다행히 문제가 발생하지는 않았사옵니다."

"우리 조선이 인도까지 진출했다는 게 못마땅했나 보군요."

"소인도 그런 느낌을 받았습니다."

"우리 물건에 대해서는 알고 있었나요?"

"물론이옵니다. 우리의 진출을 경계하던 퐁디셰리 총독도 우리 물건을 보고는 더없이 좋아했사옵니다. 그러면서 많은 물건을 구매해 주었고요."

"역설적이네요. 우리의 진출은 싫어하면서도 물건은 탐을 내다니요."

오도원의 목소리가 낮아졌다.

"그런 총독을 보면서 갑자기 불안한 생각이 들었사옵니다."

"무엇이 불안했던 거죠?"

"이번에 교역을 하면서 국방력을 하루빨리 증강해야 한다는 생각이 들었습니다. 예로부터 지키지 못할 보물은 화근이라고 했사옵니다. 교역을 확대하는 것도 중요하지만, 그에 걸맞은 강력한 군사력을 보유해야 하옵니다."

세자가 적극 동조했다.

"역시 외국을 수시로 드나드는 분답군요. 맞는 말입니다. 그래서 화란양행의 도움을 받아 제주에 대규모 조선소를 건설하고 있는 겁니다."

"군사 무기 개발도 적극 추진해야 하옵니다. 우리의 소총과 함포가 이전보다 크게 발전이 있기는 하옵니다. 하오나 서양에 비해 상대적인 우위에 있을 뿐입니다. 소인은 서양을 압도할 만한 군사 무기가 개발되었으면 좋겠사옵니다."

"서양을 압도할 만한 무기요?"

"예, 앞으로 우리는 외연 확장에 적극 나서야 하옵니다. 그러다 보면 서양 세력과의 충돌이 없을 수 없을 것이옵니다. 그런 우리에게는 무엇보다 중요한 게 강력한 군사력이옵니다."

세자가 흐뭇한 표정을 지었다.

"무슨 말씀인지 잘 알고 있습니다. 그 부분에 대해서는 착실히 준비하고 있으니 너무 걱정하지 않으셔도 됩니다."

오도원이 반색했다.

"아! 그렇사옵니까? 그러면 신무기가 곧 만들어지겠군요?"

세자가 고개를 저었다.

"신무기는 일조일석에 개발되지 않아요. 특히 이번의 개발은 기존의 방식을 완전히 탈피하는 구조여서 상당한 시간이 필요합니다."

오도원이 아쉬워했다. 그러나 그는 이내 현실을 받아들였는지 환하게 웃었다.

"시간이 걸린다 해도 서양 세력만 압도하면 되옵니다. 어차피 대외 교역과 외연 확장은 지금부터 시작이니까요. 그러나 너무 늦으면 실기할 수 있다는 점을 알아주셨으면 하옵니다."

세자가 오도원의 자세를 칭찬했다.

"좋은 생각입니다. 두 가지 업무 모두 나라가 존속하는 한 지속되어야 할 일이지요. 그리고 지금은 외연 확장의 적기이니만큼, 무기 개발에 속도를 높여 보겠습니다."

"소인의 말씀을 들어 주셔서 감사하옵니다."

"아니에요. 당연히 준비해야 하는 일이에요."

"그런데 이번에 해방된 공노비들은 어떻게 되는 것이옵니까?"

"전부 우리 상무사가 관리하기로 했어요."

"우리가 그 많은 사람을 전부 말입니까?"

"그래요."

오도원이 걱정했다.

"쉽지 않은 일이옵니다. 아무리 우리 공장이 많다고 해도 그들을 전부 수용할 수는 없사옵니다."

"걱정 마세요. 인원 배치는 이미 조사를 해 두었어요. 그래서 전국의 보부상 공단에도 파견하고, 건설부와 광업부가 추진하는 각종 신규 사업에도 많은 인원이 배정될 예정이에요."

"미리 조사해 두었다니 다행이옵니다. 그런데 2년 후에는 사노비까지 면천시킨다는 말을 들었사옵니다. 그게 정녕 사실이옵니까?"

"맞아요. 그렇게 계획되어 있지요."

"하온데 그 많은 사노비의 속량을 우리 상무사가 책임지기로 했다는 말이 있던데요."

"오 부대표는 그걸 걱정하는가 보네요."

오도원이 생각을 숨김없이 밝혔다.

"예, 걱정되옵니다. 확실히는 모르지만, 우리가 그동안 벌어들인 수익이 그 정도는 아닌 것으로 아옵니다. 그리고 고생해서 번 돈을 노비의 주인에게 지급한다는 것이 마냥 기쁘지는 않사옵니다."

세자가 크게 고개를 끄덕였다.

오도원은 상무사가 발족하면서 개인적으로 큰 성공을 거두었다. 그런 사람이 문제를 제기했다는 사실은 상무사 내부에도 같은 의견이 상당하다는 의미나 다름없다.

"아쉬운가 봅니다."

"솔직히 아니라는 말씀을 드릴 수가 없사옵니다."

"음! 오 부대표는 세상에서 가장 중요한 게 무엇이라고 생각합니까?"

오도원의 얼굴이 붉어졌다. 세자가 질문한 의도를 바로 알아들었기 때문이다.

"생각하신 대로입니다. 세상에서 가장 중요한 게 인명입니다. 오 부대표도 중인 출신이지요?"

"그렇사옵니다."

"우리 조선은 지금까지 신분 차별로 인해 수많은 인재를 잃어 왔습니다. 그런 사람 중에 오 부대표도 끼어 있을 것이고요. 오 부대표도 신분이 양반이었다면 지금과는 전혀 다른 삶을 살았겠지요?"

오도원의 얼굴이 붉어졌다.

"아!"

"오 부대표처럼 수많은 사람이 신분 때문에 많은 시간을 좌절했을 거예요. 옆에 있는 두 사람도 사정은 마찬가지일 거고요."

오도원과 동행한 직원들도 얼굴을 붉혔다.

"하물며 노비로 태어난 사람은 어떻겠습니까? 그리고 다른 양반에 비해 상대적으로 차별을 받은 서얼들은 또 어떻고요."

오도원의 머릿속이 번쩍했다.

"하오시면 이번 노비 해방이 신분제도를 전면적으로 철폐하기 위한 과정이옵니까?"

세자가 고개를 저었다.

"전면 철폐는 시기상조예요. 그렇게 했다간 양반들의 반대로 아무것도 할 수 없게 됩니다."

오도원의 표정이 실망감으로 물들었다. 그러나 그는 세자의 대답이 완전한 부정이 아니란 점에 주목했다.

"하오시면 다른 계획이 있사옵니까?"

"물론 있지요."

세자가 오도원을 바라봤다.

"노비는 신분제도의 최하계급이지요. 그런 노비가 면천되면 천역(賤役)을 전담하고 있는 양민들의 신분은 어떻게 될 거같아요?"

"지금보다 크게 높아질 거 같사옵니다."

"맞아요. 자연스럽게 개선될 거예요. 그리고 이번 기회에 서얼 차별도 전면 철폐될 거고요. 그렇게 되면 어떤 결과가 나오는지 아시겠지요?"

"양반과 양민으로만 구분이 될 것입니다."

"바로 그거예요. 그러면서 과거나 무관학교 입학에도 신분 차별이 없어질 거예요. 그렇게 여러 일이 지속적으로 일어나게 되면 반상 차별은 지금보다 훨씬 줄어들게 될 거예요."

오도원의 고개를 갸웃했다.

"그렇게 되겠사옵니까?"

"물론이지요. 내가 그렇게 만들 것이며 시대가 그렇게 만들 거예요."

세자의 장담에 오도원은 가슴이 뛰었다.

그러나 뭔가 모르게 찜찜한 느낌이 들었다.

첫 해의 영토

오도원이 그 부분을 지적했다.

"저하께서 결정하시면 당연히 그렇게 될 것이옵니다. 그러나 뭔가 모르지만 미진한 부분이 없잖아 있는 느낌이옵니다."

세자가 웃었다.

"하하하! 오 부대표도 이제는 세상을 보는 눈이 많이 달라졌네요. 맞아요. 아직 그대에게 하지 않은 말이 있어요."

"그게 무엇입니까?"

세자는 작위 제도를 생각하고 있었다. 그러나 아직은 이를 세상에 드러낼 때가 아니었다.

세자가 고개를 저었다.

"미안하지만 아직은 공개할 때가 아니어서 알려 줄 수가 없네요."

"아!"

"하지만 분명하게 알려 줄 건 있어요. 이제부터 누구든 나라를 위해 공을 세운 사람은 반드시 그에 대한 보상을 받는다는 겁니다."

오도원의 머릿속이 번쩍했다.

"그게 누구든 말이옵니까?"

"그래요. 누구든."

오도원이 조심스럽게 확인했다.

"송구하오나 그 보상이 무엇인지 알 수 있겠사옵니까?"

세자가 웃으며 고개를 저었다.

"미안하지만 그 부분까지는 알려 줄 수 없어요."

오도원이 다시 아쉬워했다.

그런 그를 보며 세자가 말을 이었다.

"세상은 급변하고 있어요. 그런 시대의 흐름을 좇지 못하는 사람은 그게 누구라도 뒤처지게 되어 있지요. 다행히 여러분은 변화하는 시대의 중심에 서 있다는 점만 알고 계세요."

오도원이 자세를 바로 했다. 그리고 정중히 몸을 숙이며 다짐했다.

"소인은 어떠한 일이 있더라도 소임을 다하겠사옵니다. 아울러 누가 보더라도 확실한 공적을 쌓도록 최선을 다하겠사옵니다."

세자가 격려했다.

"오 부대표는 지금까지 잘해 왔어요. 앞으로도 지금처럼만 해 준다면 분명 좋은 일이 있을 거예요."

"황감하옵니다."

인사를 마친 오도원이 일어섰다.

"그러면 소인은 이만 물러가겠사옵니다."

"조심히 돌아가세요. 그리고 오랫동안 고생했으니 열흘 동안 푹 쉬다 출근하세요. 아! 그리고 이번에 고생한 직원들에게 포상금도 넉넉히 지급하고요."

세자의 지시에 동행한 직원이 기뻐했다. 두 사람이 거의 동시에 고개를 숙였다.

"감사합니다."

오도원이 곤란한 표정을 지었다.

"휴가를 주시는 건 고마운 일이나 열흘은 너무 기옵니다. 다시 인도로 가려면 준비할 것이 많으니 날을 단축해 주셨으면 하옵니다."

"아니에요. 푹 쉬세요. 인도는 앞으로 남방보다 교역량이 훨씬 더 늘어날 지역이에요. 그런 곳을 성공적으로 개척하고 돌아왔으니 그 정도는 쉬어도 됩니다."

"감사합니다. 직원들이 알면 크게 기뻐할 것이옵니다."

"예, 그러니 어서 가서 좋은 소식을 전해 주세요."

"예, 저하."

세 사람은 기분 좋게 돌아갔다.

그들을 보낸 세자가 김 내관을 불렀다.

"여의도로 사람을 보내서 내일 외숙에게 들어오시라고 전해 줘."

"예, 저하."

<hr>

다음 날.

박종보는 조강이 시작되기 전 동궁을 찾았다. 그런 그에게 전날의 대화 내용을 설명했다.

박종보가 침음했다.

"으음! 의외로군요. 오 부대표가 그런 생각을 하는 줄 몰랐습니다. 신은 직원들이 자부심을 가질 줄로만 생각했사옵니다."

"그러게 말이에요. 우리가 직원들의 마음을 좀 더 세심히 헤아렸어야 했나 봅니다. 누가 뭐라고 해도 우리 상무사가 이만큼 자리를 잡게 된 건 직원들의 노력 덕분인데 말입니다."

박종보가 즉각 반대 의견을 냈다.

"직원들이 노력한 건 맞습니다. 허나 상무사의 모든 과정은 저하께서 만든 것입니다. 저하께서 아니 계셨다면 상무사는커녕 조선의 개혁도 언감생심이었습니다."

"그렇기는 하지만 좀 더 직원들을 챙겼어야 했다는 후회가 들었습니다."

박종보가 난색을 보였다.

"저하! 우리 상무사의 급여는 조선 제일이옵니다. 그런데 여기서 어떻게 더 챙겨 준단 말씀이옵니까?"

"아니에요. 조선 제일이라고 해서 그게 최선은 아니잖아요. 어제 오 부대표의 말을 듣고 생각한 게 하나 있는데, 우선 그것부터 시행했으면 합니다."

박종보가 대번에 걱정했다.

"2년 후에 막대한 자금이 들어갑니다. 그 자금을 비축하려면 지금부터 긴축해야 하옵니다."

세자가 고개를 저었다.

"그래서 더 하려는 거예요. 직원들의 사기가 높아야 매출도 오르게 되어 있는 법입니다. 다행히 이번에 해방된 공노비를 우리가 운영할 수 있어서 바로 작업이 가능할 거예요."

세자의 생각이 확고했다. 그러자 박종보가 고개를 저으며 한숨을 내쉬었다.

"후우! 저하께서 결정하셨다면 따라야겠지요. 하오면 무슨 작업을 추진하시려는 것이옵니까?"

"모든 직원에게 사택을 지어 주도록 해요. 그리고 직원 자녀들을 위한 학교도 이번 기회에 설립하는 게 좋겠어요."

박종보의 눈이 더없이 커졌다.

"저하! 본사 직원의 숫자가 수천이 넘사옵니다. 그 모든 직원의 사택을 지어 주려면 막대한 자금이 들어가옵니다."

"꼭 그렇지 않아요. 건축자재를 우리가 직접 조달하면 됩니다. 그리고 인력은 공노비와 직원들의 도움을 받는다면 의외로 큰 비용이 들지 않을 거예요."

이어서 조달 방법을 차분히 설명했다.

"……이런 식으로 추진하면 될 거예요."

박종보도 처음과는 달리 수긍했다.

"말씀대로라면 비용 부담은 의외로 적겠습니다."

"예, 그러니 추진하세요. 계획이 알려지면 직원들의 애사심은 분명 높아질 거예요. 그러면서 노비 속량에 따른 불만도 크게 줄어들 것이고요."

박종보가 묘한 표정을 지었다.

그것을 본 세자가 고개를 갸웃했다.

"왜 그런 표정을 지으세요?"

"갑자기 저하와 토론을 하면 절대 이길 수 없다는 생각이 들었습니다. 그래서 저도 모르게……. 송구합니다."

세자가 크게 웃었다.

"하하하! 별말씀을 다 하세요. 저는 단지 있는 그대로를 놓고 말씀을 드리는 것뿐이에요. 그러니 앞으로도 부담을 가질 필요는 없어요."

박종보가 머리를 긁적였다.

"저도 그렇다고 생각은 합니다. 그런데 막상 대화를 나누다 보면 저도 모르게 저하의 말씀에 고개를 끄덕이게 됩니다."

세자가 손을 저었다.

"그만하세요. 제가 존경하는 외숙께서 약한 모습을 보이시면 어떻게 해요. 그보다 이번에 인도 교역에서 들여온 물건들은 어떻게 하실 건가요?"

"왕실에 필요한 물량을 제외한 나머지는 입찰에 부치려고 합니다."

"잘하셨어요. 그리고 대외 교역의 지급수단을 금으로 대체하는 문제는 어떻게 진행되고 있나요? 청국 이화행의 오병감이 혹시 반발하지는 않았나요?"

"반발이 아니라 아주 대환영했다고 합니다."

생각지도 않은 반응이었다.

"그래요? 대환영했다고요."

"우리가 청국과 교역을 시작하면서 막대한 수익을 보고 있사옵니다. 그런 수익이 시간이 갈수록 늘어나면서 이화행도 은화 지급에 부담을 느끼고 있었다고 하옵니다."

세자가 이해했다.

"지정은제가 문제군요. 은을 세금으로 받는 청국의 입장에서는 지속적인 은화의 유출은 분명 문제가 될 겁니다."

"신도 그 말씀에 동의합니다. 다행히 지금까지는 서양에서 들어오는 은화가 많아 별문제가 되지는 않았다고 합니다.

그런데 지난해부터 백련교도의 위세가 급격히 늘어나면서 청국의 조세수입이 급감하고 있다고 합니다. 그러다 보니 공행을 직할하고 있는 청국 내무부가 관세에 대해 크게 신경을 더 쓰고 있다고 하옵니다."

"전비 마련 때문이로군요."

"그러하옵니다. 그래서 우리의 금 지급 제안을 크게 반겼다고 합니다. 청국에서 금은 저장 수단이지 화폐가 아니어서, 청국 내무부의 관리도 우리 제안을 좋아했다고 했사옵니다."

"그들로서는 금보다 중요한 게 은화이니 그렇겠군요. 그런데 우리와 거래할 만큼의 금을 확보할 수 있다고 하나요?"

"청국에는 금을 저장 수단으로 엄청나게 보관하고 있다고 합니다. 이화행과 거래하는 약재상과 도매상들도 당연히 금을 많이 보관하고 있고요. 그래서 그들로부터 은화가 아닌 금을 거둬들이면 된다고 했사옵니다."

"그렇다면 문제가 없겠군요. 금은의 교환 비율은 어떻게 정했나요?"

"기존의 비율대로 10대 1로 정했사옵니다."

세자는 크게 흡족했다.

"잘되었군요. 그런 비율이라면 더더욱 금으로 거래해야 합니다. 광주에 있는 서양 상관의 반응은 어떻던가요?"

"대체로 호응이 좋았사옵니다. 그러나 광주에 있는 각국 상관에 보관된 금이 별로 없어서, 아직은 은화로만 거래해야 하는 문제가 있사옵니다."

"그렇군요."

서양도 금본위제를 채택하기 전이었다. 그래서 금과 은의
교환 비율이 아직은 동양과 별 차이가 나지 않았다.

박종보가 궁금해했다.

"청국과의 거래에서 금으로 대체하는 건 충분히 이해되옵니
다. 헌데 서양과의 거래까지 그렇게 할 필요가 있사옵니까?"

세자가 설명했다.

"서양 대부분의 나라는 사실상 은을 화폐로 운용하고 있지
요. 그러나 서양에서 벌어지고 있는 전쟁이 끝나게 되면 금
을 화폐의 기준으로 강제할 가능성이 커요. 그때가 되면 은
의 가치가 지금보다 훨씬 떨어지지 않겠어요?"

"당연히 그렇게 되겠지요."

"반면에 청국은 지정은제를 고수할 거예요. 그래서 지금
부터 그 틈새를 적극 공략하면 상당량의 금을 모을 수 있을
거예요. 그렇게 금이 모이면 앞으로 출범하게 될 무역은행에
큰 도움이 될 것이고요. 특히 향후 전개될 서양과의 교역을
위해서라도 금은 많이 보관할수록 좋아요."

"그렇군요. 그러면 본국의 금광도 지금보다 더 적극적으
로 개발해야 하지 않겠사옵니까?"

세자가 고개를 저었다.

"지금처럼 차곡차곡 개발하는 게 좋아요. 그러지 않고 우

리가 적극 나선다면 민심까지 동요될 수도 있어요. 지금은 모든 역량을 모아 당면 과제를 해결하는 게 우선이에요."

"당면 과제? 아!"

세자가 손을 들었다.

"그 문제는 이쯤 하고, 외숙께서는 사택 건설에 전력을 기울여 주셨으면 해요."

"돌아가는 즉시 필요한 인원을 선발해 사업 계획부터 만들겠사옵니다."

"그러세요. 그리고 목재 수급을 위해 바타비아의 칼리만탄으로도 대규모 선단을 보내야 합니다. 거기에 따른 준비도 바로 시작해야 합니다."

"알겠습니다."

소문은 순식간에 사방으로 번져 나갔다.

지금까지 운용해 온 사택은 기숙사에 가까웠다. 광산이나 오지에 근무하는 직원들을 위해 지어졌기 때문이다.

이 사택도 상당한 관심을 끌기는 했었다.

그런데 이번에는 모든 직원을 위해 사택을 건설한다고 한다. 소문을 들은 직원들은 환호하면서 애사심도 대폭 증대되었다.

놀랍게도 보부상이 적극 호응했다.

보부상은 팔도에 공단을 운영하고 있었다. 이런 보부상이 자발적으로 사택 건설에 동참한 것이다.

*개혁군주*

이렇게 할 수 있었던 데에는 이유가 있었다. 보부상 공단은 그동안 상당한 수익을 거두고 있었다.

그리고 공장에 근무하는 직원들이 대개 보부상의 가족들이었다. 그래서 과감하게 사택 건설에 막대한 자금을 투입할 수 있었던 것이다.

공노비 해방에 이어 최초의 사택 건설이 연이어 발표되었다. 그 바람에 조선 전체가 한동안 이 일로 들썩였다.

그러던 4월.

"저하! 상무사의 박 대표께서 사람을 보냈사옵니다."

"들라 하라."

문이 열리고 상무사 직원이 들어왔다.

"저하! 강화나루에 화란양행의 시몬스 상인이 도착했사옵니다."

세자가 반색했다.

"오! 그래?"

"예, 그래서 대표께서 여의도로 불러들이겠다며 소인을 보냈사옵니다."

세자가 김 내관을 바라봤다.

"김 내관은 여의도로 갈 준비를 해 줘."

"예, 저하."

잠시 후.

밖이 소란스러워지면서 김 내관이 돌아왔다.

"저하, 준비되었사옵니다."

"알았어."

세자가 방을 나섰다.

전각 앞에는 익위사 병력이 도열해 있었다. 세자가 댓돌을 내려섬과 동시에 익위사 병력이 일사불란하게 세자를 에워쌌다.

병력은 이원수가 지휘했다.

"신이 모시겠습니다."

"잘 부탁해요."

이원수가 손을 들었다.

"출발하라!"

세자가 대궐을 나가려면 국왕의 윤허를 받아야 한다. 그러나 얼마 전부터 여의도 출입만큼은 별도의 윤허를 받지 않아도 되었다.

그만큼 치안이 안정되었으며, 군부와 경찰청을 국왕이 확실하게 장악하고 있다는 의미다. 덕분에 세자는 수시로 여의도를 찾아 각종 현안과 업무를 추진할 수 있었다.

여의도에 상무사 본관이 들어선 뒤로 사람들의 왕래가 크게 늘었다. 상무사는 이들을 위해, 속도는 덜 나지만 훨씬 안전하게 판옥선을 전면 개조했다. 덕분에 도강이 처음보다 훨씬 안전했다.

박종보가 나루에서 기다리다 몸을 숙였다.

"어서 오십시오, 저하."

"시몬스 상인이 왔다고 들었는데, 회사에서 기다리지 않으시고요."

"허허허! 저하께서 오시는데 안에서 기다릴 수는 없지요."

"너무 이러시지 않아도 돼요."

"아닙니다. 저하께서 아랫사람을 너무 풀어 주시는 경향이 있사옵니다. 이렇게라도 제가 격식을 차려야지요. 그러지 않으면 기강이 흐트러질 수 있사옵니다."

세자가 고개를 저었다.

"제가 불편해서 그래요. 안에서 기다리는 게 정히 불편하시면 본관 앞에서 기다리도록 하세요."

"생각해 보겠습니다."

말은 생각해 보겠다고 한다. 그러나 그게 싫다는 의미라는 걸 세자는 알고 있었다.

세자가 고개를 저었다.

"어휴! 알았으니 어서 가세요."

"예, 신을 따르시지요."

상무사 본관 정문에 시몬스가 기다리고 있었다. 세자가 그를 보고 크게 반겼다.

"어서 오세요, 시몬스."

"오랜만에 뵙습니다, 저하."

세자가 그의 얼굴을 보며 기대감을 나타냈다.

"표정이 밝은 걸 보니 결과가 나쁘지 않았나 보네요."

"하하하! 자세한 사항은 들어가서 말씀을 드리겠습니다."

박종보가 이들을 자신의 집무실로 안내했다.

세자가 자리에 앉자마자 질문했다.

"어떻게 되었습니까?"

"절반의 성공입니다."

"절반이라고요?"

"예. 괌은 매입에 실패했지만, 마리아나제도의 다른 섬들은 전부 매입할 수 있었습니다. 그리고 원하신다면 미크로네시아 일대의 섬들도 매각할 용의가 있다고 했사옵니다."

"미크로네시아라면 괌의 아래에 있는 남태평양 군도잖아요."

시몬스가 놀랐다.

"그 지역까지 아시다니 대단하십니다. 저하의 말씀대로 미크로네시아는 남태평양의 군도 중 일부입니다."

세자가 고개를 저었다.

"아직은 거기까지 진출할 여력이 없어요."

"아! 역시 그러시군요. 그러면 괌을 제외한 열여섯 개의 섬만 매입하는 것으로 결정해야겠네요."

"그러면 다시 스페인을 다녀와야 하는 건가요?"

"아닙니다. 스페인 국왕의 권한을 위임받은 전권대신이 필리핀의 마닐라에서 기다리고 있습니다."

"아! 함께 왔었나 보군요."

"그렇사옵니다."

"매각대금은 얼마로 논의가 되었나요?"

"대외적으로는 40만 레알(Real)로, 동양에서 통용되는 천은으로는 5만 냥이옵니다."

세자가 바로 알아들었다.

"스페인 총리가 뒷돈을 요구했군요."

"그렇습니다."

"얼마를 요구하던가요?"

"천은 5만 냥입니다."

"하하! 탐욕스럽다고 하더니 역시 그렇군요."

"그렇기는 합니다. 그러나 예상보다 절반도 안 된 값을 주게 되었으니, 결과적으로는 대성공이지 않겠습니까?"

세자도 적극 동의했다.

"맞습니다. 우리로서는 더없이 좋은 거래임이 분명합니다."

박종보가 조심스럽게 나섰다.

"저하! 모든 섬이 무인도라고 하던데, 그렇게 많은 돈을 줄 필요가 있사옵니까?"

"물론이지요. 시몬스! 혹시 마리아나제도의 지도를 갖고 온 게 있나요?"

"예, 여기 있습니다."

시몬스가 지도를 건네며 설명했다.

"스페인이 측량한 섬의 면적과 위치입니다. 그런데 큰 섬

세 곳을 제외한 나머지의 면적은 확실치 않다고 했습니다."

세자가 나섰다.

"어차피 다시 조사해야 하니 그 정도면 됩니다. 우리 대양 함대가 조사해 본 바로는 세 개의 섬은 상당히 크다고 하더 군요. 거의 전라도에 있는 완도 정도로 넓다는 보고를 받았 습니다."

박종보가 크게 놀랐다.

"완도와 비슷하다면 생각보다 섬들이 크군요. 그래서 저하 께서 매입해서 사탕수수 농사를 짓겠다고 하셨나 보옵니다."

"그래요. 섬들이 넓고 지정학적 위치가 좋아서 매입 가치 가 충분한 거예요. 거기에 괌까지 매입하게 되면 금상첨화였 고요."

시몬스가 부정적인 의견을 냈다.

"협상을 해 보니 아쉽게도 괌을 넘겨주고 싶은 생각은 조 금도 없었습니다."

세자는 미련을 버리지 않았다.

"지금은 그렇지만 앞으로도 그렇다는 보장은 없지요. 아! 그리고 북미지역에 대해서 운은 띄워 봤나요?"

"예, 그렇습니다."

세자가 눈을 반짝였다.

"어떻게, 반응은 있었습니까?"

시몬스가 고개를 저었다.

"고도이 총리가 북미지역 매각에 관심을 보인 건 사실입니다. 그러나 조선에 대한 지식이 별로 없어서 깊은 대화가 되지 않았습니다. 그래서 운만 띄운 정도에 만족했습니다."

"그랬군요."

"솔직히 마리아나제도의 매각도 무인도였기에 가능했습니다. 스페인은 괌이 있어서, 남은 마리아나제도에 대한 가치를 높게 보지 않았고요."

"우리의 국력이 약해서 더 이상의 진전이 어려웠다고 보면 되겠군요."

시몬스가 솔직히 대답했다.

"죄송하지만 그렇습니다."

세자가 바로 생각을 접었다.

"어쩔 수 없지요. 주인이 팔고 싶지 않다는데 그걸 욕심낼 수는 없지요. 그의 말대로 아직 우리의 역량이 부족한 것도 사실이고요."

시몬스가 위로했다.

"너무 아쉬워하지 않아도 됩니다. 조선이 유럽에 알려지게 된 시기가 불과 얼마 되지 않습니다. 그럼에도 상무사의 신제품이 폭발적인 인기를 얻고 있습니다. 이런 상황이 지속된다면 얼마 지나지 않아 조선의 위상이 크게 달라질 겁니다."

"그랬으면 좋겠네요."

시몬스가 장담했다.

"분명 그렇게 될 겁니다. 그리고 이번 일을 기회로 삼아 스페인과의 교역을 적극 시도하려고 합니다. 그렇게 되면 조선에 대한 생각도 크게 달라질 것입니다."

"신경을 써 주어서 고맙군요."

세자가 박종보를 바라봤다.

"외숙께서 협상 대표를 지정하세요. 그래서 화란양행의 도움을 받아 스페인과의 할양 협상을 마무리해 주세요. 협상 대표는 영어나 스페인어에 능한 사람을 선발하시고요."

"최고의 인재를 선발하겠사옵니다."

세자가 시몬스를 바라봤다.

"마리아나제도에는 귀사도 진출할 것인가요?"

시몬스가 고개를 저었다.

"인원이 없어 당장은 곤란합니다."

"그렇군요. 그러면 통조림 공장이 들어서면 가능하겠어요?"

시몬스가 어리둥절했다.

"통조림 공장이라고요?"

박종보가 나섰다.

"지난번에 말씀드렸던 양철로 만든 식품 저장 용기를 통조림이라고 합니다."

시몬스가 반색을 했다.

"식품 보관기술 개발에 성공했단 말입니까?"

"그렇습니다. 지난해 10월에 성공했습니다."

시몬스가 격하게 반겼다.

"이야! 대단합니다. 요즘 유럽에서 가장 필요한 물건인데, 아주 잘되었네요. 어떻게 실물을 지금 볼 수 있겠습니까?"

"기다리세요."

박종보가 통조림을 가져오게 했다.

잠시 후, 시몬스는 직원이 가져온 통조림을 보고는 고개를 갸웃했다. 그러다 박종보가 통조림을 따서 내용물을 보여주자 격하게 반응했다.

"정말 대단한 발명이군요. 박 대표님께 식품 보관 용기를 만든다는 말은 듣기는 했지만 설마 했었습니다. 그런데 이렇게 멋진 물건이 나올 줄 몰랐습니다."

세자가 흐뭇한 미소를 지었다.

"잘 만들어졌지요?"

"잘 만들어지다마다요. 그런데 얼마나 오래 보관할 수 있나요?"

세자가 통조림을 들었다.

"이 통조림 기술의 관건은 밀봉입니다. 그래야 장기 보관할 수 있기 때문이지요. 그리고 내용물을 가열해서 부패를 방지해야 합니다. 그런 가공 절차를 확실히 지킨다면 몇 년은 충분히 보관 가능하지요."

시몬스의 눈이 더없이 커졌다.

"몇 년이나요?"

"그래요. 몇 년. 아니, 밀봉만 잘되면 10년도 가능합니다."

시몬스의 얼굴이 대번에 탐욕으로 물들었다.

"이야! 이거 정말 대단하군요. 그렇게 장기 보관할 수 있다면 용도는 이루 헤아릴 수 없이 많겠습니다."

"그렇지요. 수없이 많지요. 특히 야전(野戰)에서의 전투식량으로서는 더없이 완벽할 거고요."

시몬스가 손바닥으로 탁자를 쳤다.

"맞습니다. 야전에서는 최상이겠습니다."

시몬스가 통조림을 찬찬히 살폈다.

"공장은 설립되어 있습니까?"

"물론이지요."

박종보가 통조림 공장을 공개 입찰했던 상황을 설명했다. 그 말을 들은 시몬스가 고개를 저었다.

"정말 조선이란 나라는 알수록 놀랍습니다. 독점을 하면 막대한 수익을 보게 될 기술을 공개 매각했다니요."

"상무사가 왕실 상단이어서 그렇습니다. 우리 상무사의 설립목적이 부국강병이어서 부를 독점하지 않습니다."

"그렇군요. 그래서 아낌없이 기술을 일반에 공개 매각한 것이군요."

이 말을 하는 그의 표정에는 부러움이 한가득했다. 이러던 시몬스가 조심스럽게 의견을 냈다.

"세자 저하! 우리 화란양행은 그동안 조선을 위해 많은 일

을 해 왔습니다. 그런 우리에게도 은혜를 베풀어 주지 않겠
습니까?"

시몬스가 기술을 이전해 줄 것을 은근히 돌려서 말했다.
세자가 웃으며 대답했다.

"하하하! 통조림 제작 기술을 전수해 달라는 말씀이군요.
그런데 무상으로 전수해 달라는 요구는 아니겠지요?"

시몬스가 펄쩍 뛰었다.

"물론입니다. 당연히 그에 합당한 대가는 지급하겠습니다."

세자가 두말하지 않았다.

"좋습니다. 우리 상무사는 화란양행을 동반자로 생각하고
있습니다. 그런 동반자를 위해서라면 제작 기술을 이전해 주
겠습니다."

시몬스가 더없이 기쁜 표정을 지었다.

"감사합니다."

"그런데 사업을 하기 전에 먼저 해야 할 일이 있습니다.
김 내관."

김 내관이 가져온 서류를 탁자에 올렸다. 세자가 손짓을
하며 권했다.

"살펴보세요."

시몬스가 서류를 대번에 알아봤다.

"귀사의 특허 서류로군요."

"그렇습니다. 통조림 제작 기술은 물건을 보면 바로 도용

이 가능합니다. 물론 세부적인 기술은 더 필요하겠지만, 반드시 특허등록부터 해 주세요. 그러면 그 모든 부분의 전용 실시권을 화란양행에 보장해 주겠습니다."

시몬스가 감탄했다.

"역시 세자 저하께서는 이런 부분에는 철저하시군요. 알겠습니다. 특허 서류를 당장 각국 언어로 번역해 귀사의 이름으로 신청부터 하겠습니다."

"그렇게 하세요. 그리고 기술자를 파견해 주면 필요한 제작 기술을 전부 전수해 드릴게요."

시몬스가 놀라 확인했다.

"양철 제작 기술도 넘겨주시겠다는 겁니까?"

"물론이에요."

"감사합니다. 저는 양철 제작 기술까지 특허 신청하라고 해서 귀국에서 공급해 주는 줄 알았습니다."

"화란양행이 그동안 도움을 준 게 얼마인데요. 나는 소탐대실한다는 말을 듣고 싶지 않아요."

시몬스가 다짐했다.

"알겠습니다. 지금도 그래 왔지만, 앞으로도 동반자로서 양보할 수 있는 사안이 발생하면 최대한 고려하겠습니다."

"고마운 말이네요. 그러나 일부러 그럴 필요는 없어요. 화란양행은 지금까지 절대 선을 넘지 않아 왔다는 걸 나는 잘 알아요. 그러니 지금처럼만 해 주시면 돼요."

개혁군주

"⋯⋯예, 저하."

시몬스는 이후 장시간 협의를 마치고 돌아갔다. 그를 배웅한 박종보가 아쉬워했다.

"저하! 통조림을 우리가 만들어서 공급해도 되는데, 기술을 이전시켜 줄 필요가 있사옵니까?"

"아까우세요?"

"솔직히 그렇사옵니다."

"너무 아까워하지 마세요. 서양과 우리와는 음식 습관이 전혀 달라요. 그래서 저들의 입맛에 맞게 만드는 게 쉽지 않아요."

"그 정도는 화란양행을 통해 배우면 되지 않겠습니까?"

세자가 고개를 저었다.

"쉽지 않아요. 그리고 가장 큰 문제는 서양 사람들의 주식이 육식이라는 거예요. 만일 통조림을 우리가 만들려고 하면 엄청난 숫자의 소와 돼지가 있어야 하는데, 그게 가능하겠어요?"

조선은 소의 도축에 대해 엄격한 기준을 적용하고 있었다. 그래서 식용으로의 도축은 의외로 어렵고 까다로웠다.

박종보가 급히 몸을 숙였다.

"신이 생각을 잘못했사옵니다. 송구합니다."

"아닙니다. 서양의 사정을 잘 몰라서 이런 실수를 하신 겁니다. 그리고 문제는 또 있어요."

"문제가 또 있다니요?"

"통조림은 이제 막 출시가 되었어요. 그래서 아무리 철저히 생산한다고 해도 밀봉 상태가 완벽하지 않을 수가 있어요. 그런 통조림을 싣고 더운 남방 지역을 몇 달 동안 항해하면 통조림이 변질될 가능성이 커요. 그런 문제가 발생하면 제품에 대한 신뢰도가 급격히 하락하는 것은 물론, 몇 배의 변상을 해 주어야 해요."

"그런 난제가 있었군요."

"예, 그래서 통조림만큼은 현지에서 생산하는 게 좋아요."

"무슨 말씀인지 알겠습니다."

며칠 후.

강화에서 두 척의 범선이 출항했다. 한 척은 상무사 소속이고 다른 한 척은 화란양행 소속 범선이었다.

범선은 곧바로 서귀포로 내려갔다. 거기서 다시 한 척이 더 합류해서는 필리핀으로 넘어갔다.

필리핀은 1565년 초대 총독 미구엘 로페스 데 레가스피가 부임한 이래 스페인의 신민지가 되었다.

식민지 필리핀의 수도가 마닐라다.

마닐라는 오래전부터 중국인 등이 왕래하며 교역이 이뤄지던 곳이다. 그러다 스페인의 식민지가 되면서 남미에서 채

굴한 은의 수출창구가 되었다.

그 바람에 이전보다 더 활발한 교역 도시가 되었다. 상무사도 남방 진출 초기 화란양행의 도움으로 마닐라를 찾은 이래 꾸준히 교역을 해 왔다.

그래서 마닐라 방문은 처음이 아니었다.

협상은 사전에 협의가 끝난 사안이다. 덕분에 매각 협정은 당일 체결되었으며 대금도 바로 지급되었다.

조인식은 기록화로 그려졌다.

기록화에는 설명과 함께 양측 대표가 날인까지 하며 사실 관계를 명확히 했다. 매입 협상을 마무리한 협상단은 괌으로 내려가 괌의 관리에게 사실을 통보하고는 사이판으로 넘어갔다.

드디어 사이판(Saipan)이었다.

괌을 제외한 마리아나제도는 열여섯 개의 섬으로 이뤄졌다. 그런 제도에서 가장 큰 섬은 사이판으로 면적이 115.39 제곱킬로미터다.

다음은 티니안(Tinian)과 로타(Rota)순이다. 이 중 사이판과 티니안은 완도보다 크고 로타가 조금 작으며, 나머지는 대부분이 작은 화산섬들이다.

상무사 직원들은 군의 도움을 받아 섬의 내부를 차례로 조사했다. 이러는 동안 대양함대는 제도에 속한 섬과 주변 바다 탐색에 나섰다.

완도와 비슷한 크기의 섬이 세 개나 되고 나머지 섬도 열세 개였다. 이런 섬을 샅샅이 조사하는 데에만 몇 개월의 시간이 소요되었다.

7월 하순.

장마가 끝날 무렵 협상단이 귀환했다.

세자가 이들을 크게 반겼다.

"다들 고생이 많았어요."

협상단장 변수종이 정중히 몸을 숙였다.

변수종의 집안은 수많은 역관을 배출한 역관 가문이다. 변수종도 자연스럽게 역관이 되었고, 십여 차례 북경을 다녀왔었다.

그러던 그가 상무사에 입사하게 된 건 오도원의 권유 때문이었다.

상무사가 직교역을 시작하면서 사행도 크게 변했다. 가장 큰 변화는 팔포무역 금지였다.

조선은 1년에 세 번 사신을 파견한다. 놀랍게도 조정에서는 사행 비용을 지급하지 않았다.

그 대신 경비 조로 일정량의 인삼이나 은을 가져가는 걸 허용해 주었다. 이렇게 가져간 인삼과 은을 연경에서 매각해 상당한 수익을 거뒀다.

일종의 공무역인 셈이다.

사신단의 공식 수행원은 서른 명 남짓이다. 이들에게는 인삼 10근을 1포(包)로 하여 80근을 휴대하도록 허가되었다.

본래라면 홍삼이 양산되면서 사행에서 엄청난 수익을 거둘 수 있었다. 그런데 인삼과 홍삼이 전매품이 되면서 사정이 달라졌다.

지금까지는 사행을 수행하면서 적당한 사익 취득을 인정해 왔다. 그러나 전매품이 된 인삼을 갖고 사익을 취하게 할 수는 없었다.

세자는 국왕께 진언해 팔포무역을 금지시켰다. 그러고는 사행 비용을 전부 상무사가 부담했다.

그렇다고 청나라가 인정한 공무역을 없앨 필요는 없었다. 그래서 의주 만상을 사행에 동행시켜 인삼과 홍삼을 대리 교역하게 했다.

처음에는 1천 근으로 시작했다.

광주에서 직교역을 하고 있었기에 연행 경비만 나오면 된다는 생각에서였다. 그러나 이는 잘못된 예상이었다.

북경에서 홍삼은 폭발적 인기를 끌면서 해마다 물량이 급격히 증가했다. 연행 경비를 마련하기 위한 공무역이 큰 수익을 거두게 된 것이다. 그러면서 판매를 대행하는 의주 만상도 상당한 수익을 거두었다.

사행단의 사무역이 일체 금지되었다. 그 대신 역관들은 연행 기간 동안 책정된 급여만 받게 되었다. 이전처럼 사행으로 많은 돈을 벌 기회가 사라진 것이다.

이런 상황이 되자 역관 중 다수가 상무사로 입사했다. 변수종도 오도원의 적극적인 권유를 받아 상무사에 입사하게 되었다.

역관들을 영어를 기본으로, 불어와 스페인어 등을 선택해 익혔다. 변수종은 이 중 스페인어를 익혀서 이번에 단장이 된 것이다.

"화란양행의 도움 덕분에 소임을 문제없이 완수하였사옵니다."

변수종이 두루마리를 공손히 바쳤다.

세자가 두루마리를 활짝 펼쳤다. 협정서는 스페인어와 한글, 그리고 영어로 기록되어 있었다.

내용을 정독한 세자가 흡족해했다.

"고생했어요. 저들과의 협약 과정에 문제는 없었나요?"

"신이 스페인어를 잘하는 걸 보고는 꽤 놀랐습니다. 그러면서 세자 저하에 대해서 꼬치꼬치 캐묻기도 했고요."

"나에 대해서요?"

시몬스가 웃으며 설명했다.

"제가 고도이 총리와 협상할 때 저하를 천재로 소개했습니다. 그래서 전권대신이 그런 말을 한 것입니다."

개혁군주

세자가 움찔했다.

"나를 천재로 소개했다고요?"

시몬스가 어깨를 으쓱했다.

"천재를 천재로 소개한 게 잘못은 아니지 않습니까? 저는 지금까지 저하와 같은 천재를 본 적이 없습니다. 그래서 고도이 총리와 대화를 나누면서 저하를 적극 소개했었습니다."

세자가 얼굴을 붉혔다.

"그렇게까지 할 필요는 없었는데요."

시몬스가 고개를 저었다.

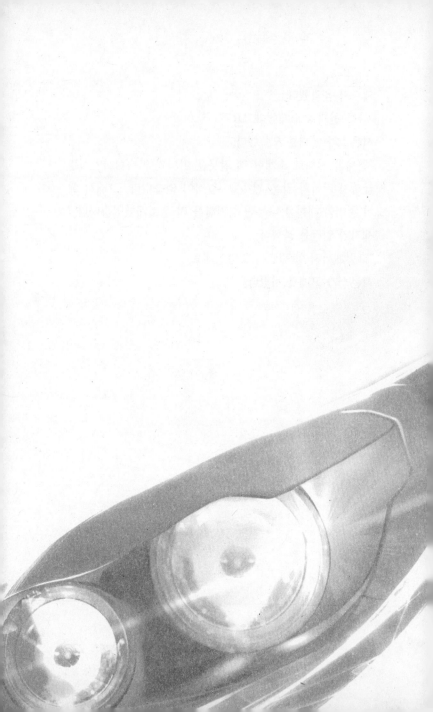

지방행정 개편

　시몬스가 상황을 설명했다.

　"고도이 총리는 조선에 대해 잘 모릅니다. 아니, 동양에
대한 지식이 거의 없다고 해도 과언이 아닙니다. 그런 총리
에게 무작정 조선이 마리아나제도를 매입하고 싶어 한다고
전할 수는 없었습니다."

　세자가 대강 이해했다.

　"고도이 총리가 인종차별주의자인가요?"

　시몬스가 돌려서 대답했다.

　"동양을 직접 접하지 못한 유럽인들은 동양이 미개하다는
편견을 갖고 있습니다. 그런 의미에서 보면 안타깝게도 유럽
의 귀족 대부분은 인종차별주의자라고 보면 거의 틀림없습

니다. 아! 물론 요즘 귀사가 개발하는 각종 공산품으로 그런 인식이 크게 바뀌고 있기는 합니다."

"근본적인 인식은 아직 바뀌지 않았다는 거로군요."

"그렇게 되려면 시간이 필요합니다."

"그렇군요."

"그래서 저는 이번 협상을 하면서 세자 저하를 적극 알리려고 했습니다. 유럽의 어느 누구보다 위대한 천재가 동양에 있고, 그게 조선의 세자라는 사실을요. 그런 설명을 듣고서야 고도이 총리가 관심을 갖게 되었습니다."

"나에 대한 관심을 촉발시켜 협상을 성사시킨 거로군요."

"그렇습니다. 그러지 않았다면 매각 협상은 상당히 어려웠을 겁니다."

"그런 일이 있었군요. 그래서 전권대신이 나에 대해 관심을 가진 거로군요."

"예, 저하. 이번 매각 협상이 유럽에 알려지면 저하에 대한 관심은 폭증할 것입니다. 그리고 그러한 관심은 저하는 물론이고 상무사와 조선에 결코 손해가 아닐 것입니다."

세자도 이 점은 동조했다.

"지금 시점에서는 우리나라를 적극 홍보하면 좋겠지요. 그리하면 우리가 만든 물건의 판매 확대에 도움이 될 터이니까요."

"역시 상황 인식이 정확하시네요. 특히 이번에 개발된 통조림으로 인해 조선에 대한 관심은 더 커질 것입니다. 저하께서도 아시겠지만, 유럽은 전체가 전쟁터라고 해도 과언이 아닙니다. 그런 상황에서 통조림은 그야말로 신의 선물이나 마찬가지일 터이니까요."

세자가 웃음을 터트렸다.

"하하하! 신의 선물까지는 아니더라고 큰 도움이 되는 건 사실일 거예요."

"아닙니다. 분명 폭발적인 반향을 불러올 것입니다. 그러면서 조선과 상무사에 대한 관심도 따라서 고공 행진할 것이고요."

세자는 흡족해하며 고개를 끄덕였다.

시몬스가 질문했다.

"그런데 마리아나제도는 어떻게 개발을 하실 건가요?"

"어떻게 개발을 하다니요? 통조림 공장을 건설하고 사탕수수를 재배하겠다 말했던 거로 아는데요."

"그런 일을 하려면 인력이 많이 필요한데, 어떻게 인력 수급을 하실 건가요? 조선에서 모든 인력을 모집하실 겁니까?"

"우선은 상무사 직원을 파견할 거예요. 그리고 농장과 공장건설에 필요한 인력은 죄수를 적극 활용할 생각이고요."

"유럽처럼 개척하겠다는 거로군요."

"우리나라는 죄수가 자신의 먹을 것을 책임져야 하지요. 그로 인해 죄수가 발생하면 그 집안은 뒷바라지에 아주 곤욕

을 치르게 됩니다. 귀족인 양반들은 인신 구속 대신 체형에
이어 유배형에 처하고요. 이런 때도 식생활은 죄인이 해결해
야 하지요. 그래서 나는 이런 죄수들을 적극 활용해 마리아
나제도를 개발하려고 해요."

"좋은 생각이십니다. 하지만 죄수들만으로 모든 인력을
감당할 수는 없지 않겠습니까? 통조림 공장만 해도 당장 인
력이 많이 필요할 터인데요."

"그렇겠지요. 그런데 왜 이런 말을 하는 거지요?"

"바타비아는 값싼 노동력이 많습니다. 그런 인력이 필요
하시다면 중개해 드리기 위해서입니다."

"생각하지 않은 부분이네요. 나는 인력을 본국에서 충당
하려고만 생각했거든요."

시몬스가 적극 권했다.

"사탕수수 농사는 쉽지 않습니다. 특히 사탕수수에서 즙
을 내고 증류하는 과정은 상당히 고되고 위험하기까지 합니
다. 그런 힘든 작업에 조선 사람을 동원할 필요는 없지 않겠
습니까?"

"으음!"

변수종도 동조했다.

"새로 매입한 섬들은 덥고 습했사옵니다. 그런 섬에서의
작업은 남방 사람들이 우리보다 더 잘할 것입니다."

세자가 손을 들었다.

"무슨 말인지 잘 알겠습니다. 우선은 개척 계획을 제대로 세워야 하니 그 부분은 좀 더 생각해 보고 결정합시다."

"알겠습니다."

❀

다음 날.

세자는 상참에 참석해 마리아나제도를 매입했다고 공표했다. 국왕은 사전 보고를 받았기에 별로 놀라지 않았으나 중신들은 달랐다.

모든 중신이 크게 술렁였다.

좌의정 심환지가 바로 나섰다.

"본토에서 배로 7일이나 걸리는 먼 제도를 매입할 필요가 있사옵니까?"

심환지의 말은 그대로 들으면 잘못을 추궁하는 내용이다. 그러나 실상은 자세한 설명으로 중신들의 의구심을 털어 내라는 의미였다.

그는 이렇게 교묘히 세자를 도와주었다.

세자가 설명했다.

"물론 있지요. 상무사는 앞으로 이 제도에서 사탕수수를 재배할 예정입니다. 그리고……."

세자의 설명은 한동안 이어졌다. 처음에는 놀라 술렁이던 대신들은 설명에 빠져들었다.

"……이렇게 제도를 개척하면 우리는 드넓은 태평양 진출의 교두보를 확보하게 됩니다. 그리고 설탕과 해산물을 보다 손쉽게 접할 수 있게 되면서 식생활 개선에도 큰 도움이 됩니다. 아울러 중죄를 저지른 죄인들의 처리도 용이해질 것이고요."

우의정 이시수가 의문을 제기했다.

"그렇다면 스페인이 제안한 남태평양의 군도도 함께 매입하는 게 좋지 않습니까?"

세자가 고개를 저었다.

"아직 우리는 해양 군사력이 약합니다. 이런 상황에서 너무 큰 영토를 확보하게 되면 화근의 될 가능성이 큽니다. 저들이 제안한 남태평양 군도는 언제라도 매입할 수 있습니다."

국왕이 즉각 동조했다.

"옳은 말이다. 과유불급이라고 했다. 지킬 자신이 없는 영토는 처음부터 욕심을 내지 않는 게 맞다."

공조판서 박준원(朴準源)이 나섰다.

박준원은 세자의 생모인 수빈 박씨의 부친으로, 그동안 돈녕부와 같은 부서에만 있었다. 그러다 금년 들어 공조참판에 이어 판서로 승차했다.

"매입한 제도가 상무사 관할이나 명백한 조선의 영토입니다. 이런 영토를 온전히 수호하기 위해서는 마땅히 군 병력을 파견해야 하옵니다."

영의정 이병모도 즉각 동조했다.

"공판의 말씀이 맞사옵니다. 이번의 영토 매입은 지금까지
우리 조선이 유지해 온 대외 정책의 전환점이 될 쾌거입니다.
이런 영토는 어떠한 일이 있더라도 수호해야 하옵니다."

중신들이 전부 고개를 끄덕였다.

몇 년 전이었다면 지키지도 못할 땅을 매입했다며 성토했
을 일이었다. 그러나 상무사의 활약으로 중신들은 사고도 이
전과 크게 달라져 있었다.

병조판서 조진관(趙鎭寬)이 나섰다.

"전하! 이번 기회에 대양함대의 분대를 마리아나제도로 파
견하시옵소서. 그리고 대대 규모의 육상 병력은 파견해야 하
옵니다."

국왕이 걱정했다.

"세자의 설명에 따르면 완도만 한 섬이 세 개나 된다고 했
소. 거기다 작은 섬이 열 개가 넘는다는데, 대대 병력이 온전
히 방어할 수 있겠소?"

조진관이 설명했다.

"수군 분대도 함께 파견되는 거여서 대대 병력 정도면 충
분할 것이옵니다. 그러다 이주민들이 늘어나면 그때 가서 추
가 파병을 하면 되옵니다."

세자도 거들었다.

"병판의 말씀이 맞습니다. 처음부터 너무 많은 병력을 파병하면 스페인에게 경각심을 불러일으킬 수도 있사옵니다. 그리되면 장차 우리가 추진하려는 과업에 지장을 초래할 수도 있고요."

국왕이 두말하지 않았다.

"네 생각이 그렇다면 맞겠지. 알겠다. 그러면 수군은 분대를, 육군은 대대 병력을 파견토록 하자."

세자의 제안을 국왕이 즉각 받아들였다. 이와 같은 상황을 수시로 보아 온 중신들은 이제는 거의 만성이 되었다.

국왕이 지시했다.

"해외 영토를 얻은 일은 더없이 기쁜 일이오. 국초 이래 본국은 늘 외세에 시달려만 왔소. 그래서 백성들의 가슴속에는 늘 아쉬움과 한이 깊게 배어 있을 거요. 그런 백성들이 이 사실을 알게 되면 크게 기뻐할 거요. 그러니 조정에서는 이 일이 널리 알려질 수 있도록 신경을 쓰도록 하시오."

"명심하여 거행하겠사옵니다."

조선은 관리 편의주의로 나라를 다스려 왔다.

국초에는 북방 개척과 대외 진출 같은 진취적인 행위를 엄금했다. 여진과 명나라, 그리고 일본 등 주변 국가와의 마찰을 피한다는 이유 때문이다. 그로 인해 만주를 차지할 호기를 스스로 놓치는 통한의 우를 범했었다.

이러한 현상은 시간이 지날수록 고착화되었다.

개혁군주

쇄국 정책을 실시해 대외 진출과 접촉을 아예 차단했다. 관리가 어렵다고 공도(空島) 정책을 시행해 섬을 비워 버렸다. 특히 제주도는 출륙 금지령을 실시해 본토와의 왕래조차 막아 왔다.

이런 조선에서 새바람이 불었다.

태평양에서 발원한 태풍이 나라를 온통 뒤집어 놓았다. 조선이 건국하고 해외 영토를 얻은 건 이번이 처음이다.

그런데 본토에서 7~8일 떨어진 곳에 있는 태평양 군도라고 한다. 이전이었다면 감히 가 보겠다는 엄두조차 못할 거리였다.

그럼에도 백성들이 열광했다.

그만큼 백성들이 세상을 바라보는 시각이 달라졌다. 그리고 그러한 열광과 환호는 오롯이 세자에 대한 지지와 기대로 이어지고 있었다.

상무사는 발 빠르게 움직였다.

선발대를 준비해 두었던 상무사는 직원 서른 명과 인부 100명, 그리고 군은 대양함대와 육군 선발대의 파견을 결정했다.

세자는 화란양행의 제안을 받아들였다.

그렇게 바타비아에서 인부를 받아들이기로 하면서 계획도 수정되었다. 본토에서는 감독 인원만 파견하고 죄수들은 2차부터 파견하기로 했다.

8월 중순,

여의도의 상무사 본관 대회의실.

세자는 1·2차 유생들과 정기적으로 토론을 벌여 왔다. 토론에는 다양한 주제가 올라왔으며, 대개는 조선의 미래에 대한 논의가 많았다.

토론은 미리 정한 발제자가 주제를 발의하면서 시작되었다. 이렇게 논의된 안건 중에는 실제로 정책에 적용된 경우도 상당했다.

세자는 상황을 적극 활용했다.

정책에 반영된 안건을 발의한 유생에게는 반드시 포상했다. 금전적으로 크지는 않았지만, 포상은 나름의 자부심을 안겨 주었다.

유생들은 좋은 안건을 제안하기 위해 많은 고심을 하게 되었다. 덕분에 토론은 깊이를 더해 갔으며, 조정도 토론에 대한 관심이 많았다.

이런 유생의 모임은 세자의 일정에 맞춰 날짜가 정해져 왔다. 그런데 이날 처음으로 유생들의 요청에 의해 모임이 개최되었다.

세자가 그 점을 지적했다.

"여러분이 모임을 개최해 달라는 요청은 처음이네? 어떻게 된 일이지?"

조인영이 나섰다.

"소인들이 저하께 진언 드릴 일이 있어서 요청을 드렸사옵니다."

"나에게 진언할 일이 있다고?"

"그러하옵니다."

"무슨 말인지 해 보도록 해."

"이번에 새로운 해양 영토 매입을 먼저 경하드리옵니다."

"고마운 말씀이야. 그러나 여러분도 알겠지만, 이번 매입의 일등 공신은 화란양행 소속의 시몬스 상인이야."

"알고 있사옵니다. 그런데 그 사람을 발탁해 임무를 맡긴 것은 저하십니다. 그래서 소인들도 그렇지만 모든 백성이 저하를 칭송하는 것이옵니다."

대놓고 하는 칭찬에 세자의 얼굴이 은근히 붉어졌다.

세자가 손을 저으며 말을 잘랐다.

"됐어. 그 말은 그만하고 본론을 말하도록 해."

조인영이 몸을 숙였다.

"저하! 이번에 매입한 마리아나제도에 저희가 선발대와 함께 다녀오고 싶사옵니다. 허락하여 주시옵소서."

유생들이 동시에 외쳤다.

"허락하여 주시옵소서."

갑작스러운 요청에 세자는 난감했다.

조인영이 마리아나제도를 거론할 때부터 혹시 하는 생각은 했다. 그러나 막상 상황이 닥치자 마로 답을 하지 못했다.

정원용이 나섰다.

"저하! 소인들은 그동안 청국과 남방, 그리고 인도와의 교역에 직접 참여해 왔습니다. 그래서 항해는 이제 누구도 겁을 내지 않사옵니다."

2차 유생을 대표해 권돈인도 나섰다.

"그러하옵니다. 일차 유생들보다는 못하지만, 저희도 한 번씩은 대양 항해를 경험했사옵니다. 그래서 이번 청원에 전부 동의하였사옵니다. 부디 소인들의 청원을 가납해 주시옵소서."

"가납해 주시옵소서."

"하!"

당장 대답을 못 해 한숨이 나왔다. 그러나 내심은 유생들의 청원이 결코 싫지는 않았다.

세자가 유생들을 둘러봤다.

그런 세자의 시선을 유생 중 누구도 외면하지 않았다. 반짝이는 유생들의 눈빛을 확인한 세자가 고개를 끄덕였다.

"좋아! 다른 일도 아니고 새로운 영토를 직접 확인하고 싶다는데 허락하지."

"와!"

"감사하옵니다, 저하."

세자가 손을 들었다.

"대신 모두 어른들에게 허락을 받아 오도록 해. 만일 한 사람이라도 허락을 받지 못한다면 전부 배제할 거야."

유생들이 안색이 굳어졌다.

김유근이 바로 나섰다.

"저하! 사람마다 개성이 다르듯 집안마다 사정이 다 다릅니다. 그런데 모두의 동의를 받으라 하심은 무리이옵니다."

조인영이 동조했다.

"그러하옵니다. 소인들이 처음 저하와 수학을 할 때만 해도 전부 상투를 틀지 않았습니다. 하오나 지금은 결혼하지 않은 사람이 없을 정도입니다. 그러다 보니 혹시 집안에서 강하게 반대할 수도 있음을 살펴주시옵소서."

세자가 고개를 저었다.

"나도 그런 사정을 모르지 않아. 그런데도 왜 이런 말을 하는지 알아주었으면 해."

김유근이 다시 몸을 숙였다.

"어리석은 소인들에게 저하의 생각을 밝혀주시옵소서."

"여러분은 선택받은 사람들이야. 그런 여러분을 부러워하는 사람들이 얼마나 많은지 잘 알 거야. 그래서 시기와 질투의 대상이 되어 있을 거야."

모두가 고개를 끄덕였다.

세자가 말을 이었다.

"선후는 있겠지. 그러나 여러분이 등과하면 우리 조선의 미래를 나와 함께 책임지게 될 거야. 나는 그래서 여러분은 정파와 사사로운 정리에서 벗어난 참된 관리가 되기를 바라고 있어. 그런 나의 바람을 여러분은 모르지 않을 거야."

유생들은 조선 최고의 인재들이다.

그런 유생들이 세자의 생각을 너무도 잘 알고 있었다. 그래서 지금까지 세자가 이끄는 대로 나름대로 합심해 오고 있었다.

"나는 여러분이 합심 단결한다면 못 할 일이 없다고 생각해. 그런데 지금의 일조차 이런저런 이유로 함께 하지 못한다면 실망이야."

세자의 말에 분위기가 싸해졌다. 그러면서 유생들은 세자가 바라는 바가 무엇인지 알게 되었다.

조인영이 나섰다.

"알겠사옵니다. 저하의 말씀대로 소인들이 합심해서 모두 함께 갈 수 있도록 노력해 보겠사옵니다."

그러자 유생들이 다투어 결의를 다졌다.

세자가 그런 유생들을 보며 환하게 웃었다.

"그래, 바로 이거야. 여러분은 나이 차가 있기는 하지만 나의 동기들이야. 동기들은 당연히 서로 도와야 하는 거고. 지금은 작은 일을 서로 돕지만, 이런 일이 반복되다 보면 서로에 대한 배려심이 생겨날 거야. 그러면 훗날 국가 대사를 논의할 때도 서로 양보하면서 최고의 방안을 찾아낼 수 있어. 그리되면 당파 논리와 사리사욕을 탐하거나, 반대를 위한 반대를 하는 일은 근절되겠지. 그리되면 우리 조선의 미래는 훨씬 더 밝아지지 않겠어?"

모든 유생이 고개를 끄덕였다.

세자는 이렇게 토론이나 대화를 하면서 유생들을 차곡차곡 설득하고 교화해 왔다. 이런 세자의 노력이 몇 년 동안 이어지면서 유생들만큼은 당파 색이 거의 없어지게 되었다.

면담을 마친 유생들은 곧바로 물러났다.

그리고 서로를 도와 가며 집안사람들과 부인을 설득했다. 다행히 이런 노력이 성공을 거두며 유생들은 함께 여행을 떠날 수 있었다.

그런데 의외의 현상이 일어났다.

보고를 받은 세자가 놀랐다.

"외숙! 백성들 중 마리아나제도로 이주하고 싶어 하는 사람이 많아졌다고요?"

박종보가 보고했다.

"그렇사옵니다. 유생들의 자발적인 행동이 백성들에게 마리아나제도가 안전하다는 인식을 심어 준 것 같습니다. 그래서 불과 며칠 사이에 수십여 명이 이주 신청을 했습니다."

"신청자 모두 가족들까지 이주하는 조건인가요?"

"예, 그렇습니다."

"의외네요. 이주자를 공개 모집하지도 않았는데 신청자가 수십여 명이라니요."

이원수가 분석했다.

"개척지에 대한 환상이 큰 작용을 했을 겁니다. 추운 북방이 아닌 남방이어서 무엇을 해도 굶어 죽지 않는다고 생각했을 겁니다. 그리고 저하께서 자신들을 버려두지 않을 거라는 믿음도 큰 작용을 했을 것이고요."

박종보도 동조했다.

"아마도 저하에 대한 믿음이 컸을 겁니다."

세자도 인정했다.

"영리한 사람들이네요. 어떻게 보면 내 마음을 잘 읽었다고 봐야겠네요. 그런데 신청자들은 전부 일반 백성들인가요?"

"아닙니다. 놀랍게도 양반들이 상당수 신청했사옵니다."

"양반들이요?"

"대부분 몰락한 가문 출신들이기는 합니다."

"그렇다고 해도 의외네요. 돌아오기 어렵다는 걸 알면서도 양반들이 이주 신청을 했다니요."

"그만큼 삶이 절박했을 겁니다. 같은 양반이지만 경화 사족 같은 거대 가문을 보면서 상대적인 박탈감을 느껴 왔을 것이고요."

이원수도 동조했다.

"옳은 말씀입니다. 그들은 분명 세자 저하께서 만들어 놓은 새로운 세상에서 새로운 꿈을 꾸려고 할 겁니다."

"그렇지요. 우리는 그런 사람들의 꿈이 이뤄질 수 있도록 적극 도와주어야 합니다. 그것이 우리 상무사의 설립 취지와 부합합니다."

세자가 결정했다.

"알겠습니다. 신청한 사람들은 특별한 결격사유가 없는 한 모두 받아 주세요. 그리고 고생을 자처한 사람들이니만큼 그에 합당한 대우도 확실하게 해 주세요."

"예, 저하."

세자의 결정이 알려지면서 이주 신청자는 급격히 늘어났다. 그 바람에 공개 모집도 하기도 전에 신청자들을 선별하는 일까지 벌어졌다.

❀

며칠 후.

마리아나제도 개척단이 출발했다.

여기에는 유생들이 모두 동참했으며, 세자는 강화나루까지 내려가 이들을 배웅했다. 유생들을 배웅하고 환궁한 세자를 국왕이 불렀다.

"아바마마, 소자이옵니다."

"오! 어서 올라오너라."

더위가 한풀 꺾인 8월 하순.

그러나 아직은 서 있기만 해도 땀이 나는 계절이다. 국왕은 이런 더위를 피해 창덕궁 후원 존덕정(尊德亭)에 나와 있었다.

이 정자는 이중지붕의 육각형 구조다. 특이하게 정자의 마루도 이중으로 안팎이 구분된다.

천정도 화려한 장식과 청룡과 황룡이 걸려 있었다. 여기에 스물네 개의 기둥이 지붕을 받치고 있다.

그런 정자에는 국왕의 친필판각인 '만천명월주인옹자서(萬川明月主人翁自序)'가 걸려 있었다. 국왕은 이 정자의 중앙에 있었으며, 그 앞에 세 명의 중신들이 앉아 있었다.

세자를 본 중신들이 고개를 숙였다. 이들은 이조판서 이병정(李秉鼎)과 호조판서 김재찬(金載瓚), 그리고 예조판서 이만수다.

중신들이 저마다 인사했다.

"오랜만에 뵙습니다, 저하."

"어서 오십시오, 저하."

"강화나루에 다녀오셨다고요?"

세자가 그들의 인사에 답례했다.

"예, 유생들과 개척단을 배웅하고 오는 길입니다."

국왕이 따뜻한 미소를 지었다.

"허허! 강화까지 갔다 오느라 고생이 많았다."

"당연히 해야 할 일을 했을 뿐이옵니다."

"그렇지 않아도 대화를 나누다 네가 유생들과 잘 지낸다는 말이 나왔다."

이만수가 동조했다.

"그러하옵니다. 나라의 동량들을 세자 저하께서 잘 아우르는 일은 칭송받아 마땅하옵니다."

"예판의 말이 맞다. 유생들은 장차 너와 함께 나라를 이끌어 갈 인재들이다. 그런 인재들이 세자를 섬기며 추종한다는 사실은 나라를 위해서도 좋은 일이지."

칭찬이 이어지자 세자가 몸을 낮췄다.

"아바마마와 중신들이 잘 봐주신 덕분이옵니다."

"허허허! 과인은 한 일이 없다. 다 네가 유생들을 잘 다독이며 이끌어 온 결과다."

이어서 몇 마디 덕담이 더 오갔다.

그러다 국왕이 본론을 꺼냈다.

"너를 여기 오라 한 건 내년 초부터 시작할 지방행정 개편 문제를 논의하기 위함이다."

세자가 경아전의 기억을 떠올렸다.

조선의 내각은 여섯 개 부서뿐이다.

그러나 삼사와 오군영 같은 직계 아문과 6조에 속한 아문들이 수없이 많다. 경아전은 이런 아문의 업무를 일선에서 담당하는 자리다.

그래서 취급하는 업무가 의외로 많았으며, 그게 다 이권이

나 다름없었다. 경아전들은 이런 이권을 이용해 다양하게 사익을 편취해 왔다.

하지만 그렇다고 조정에서 이런 경아전을 강력하게 처벌하지도 못했다. 녹봉이 없는 그들이 먹고살기 위해서 어쩔 수 없이 도적이 되었기 때문이다.

세수 정책이 열악한 조선 조정은 이를 알면서도 문제가 되지 않으면 방관해 왔다. 그러다 관리들의 녹봉이 현실화되면서 경아전도 급여가 처음으로 지급되었다.

당연히 사익 편취는 엄금되었다.

이러한 결정에 경아전은 환호했다.

그러나 대부분의 사람들은 경아전의 행태가 바뀌지 않을 거라며 우려했었다. 이런 우려는 시간이 지나면서 기우였다는 게 밝혀졌다.

일부는 이전의 행태를 버리지 못하고 부정을 저지르기도 했다. 이런 자들은 감사원과 검경의 내사와 수사에 의해 철저하게 색출되었다.

반면에 거의 모든 경아전들은 과거와의 깨끗한 단절을 선택했다. 비록 넉넉지는 않았지만 국록을 받는 것에 대한 자부심까지 나타냈다.

그 결과 생각지도 않은 일이 발생했다.

조정 예산이 대폭 절감된 것이다. 놀랍게도 절감된 금액이 경아전들의 급여를 충당하고도 남았다.

개혁군주

더 놀라운 점은 따로 있었다.

경아전 스스로 자정에 필요한 각종 절차를 만든 것이다. 이러다 보니 조정 관리들도 저절로 정화되는 순기능까지 일어났다.

이러한 결과는 지방 개혁 추진에 급물살을 불러왔다. 그러나 당장 전국의 모든 조직을 개편하는 것은 부담이 되었다.

우선 경기도부터 정비하기로 했다.

그래서 금년부터 아전의 신분을 보장하고 급여가 지급되었다. 그리고 그 결과도 역시 놀라웠다.

이조판서 이병정의 발언이 이어졌다.

"금년 초부터 경기 지역에 실시한 행정 개편이 큰 성과를 거두고 있습니다. 특히 경아전 때와 마찬가지로 예산 절감이 눈에 띄게 증가하고 있습니다."

호조판서 김재찬도 거들었다.

"우리 호조에서 추진하는 양안(量案) 정비 작업도 놀라운 성과를 보이고 있사옵니다."

세자가 거들었다.

"아전들이 숨겨 놓은 은결(隱結)이 상당하지요?"

"그러하옵니다. 예상은 했지만 이렇게 많을 줄은 몰랐습니다. 그 은결만 전부 양성화해도 아전들의 급여를 감당할 수 있을 정도이옵니다."

세자가 핵심을 지적했다.

"그것만으로는 부족해요. 기호 지방과 황해도는 국력이 집결된 지역이에요. 본래부터 상업이 발달해 있었으며, 근래 들어 공업이 폭발적으로 늘어나고 있고요. 그로 인해 세수도 대폭 증대되고 있는 상황이어서 세수는 당연히 남아야 합니다. 그것도 상당히 많이요. 그래야 세수 부족이 확실시되는 함경도와 같은 지역을 지원할 수 있어요. 더불어 곧 실시될 교육 예산으로도 지출이 가능하고요."

세자의 지적에 대신들이 놀랐다.

이조판서 이병정이 감탄했다.

"대단하시옵니다. 정무를 보지 않으시는 저하께서 이토록 세정에 밝으실 줄 몰랐사옵니다."

국왕이 너털웃음을 터트렸다.

"허허허! 우리 세자가 다른 건 몰라도 군대 운용과 세금 정책에 관해서는 누구보다 뛰어나지."

세자가 급히 몸을 숙였다.

"아니옵니다. 소자는 상무사 일을 보면서 알게 된 사실 정도의 지식뿐입니다. 세심한 실상은 아직 모르옵니다."

국왕이 고개를 저었다.

"군주가 너무 세심한 부분까지 간섭하거나 알 필요는 없다. 아니, 작은 일은 되도록 모른 척해야 아랫사람들이 재량껏 일을 할 수 있다."

"명심하겠사옵니다."

"자! 그건 그렇고 네가 제안했던 경기도 행정 개편이 성공을 거두고 있다. 그래서 내년 초부터 전국에 확대하려고 하는데, 너의 생각은 어떠냐?"

세자가 깜짝 놀랐다.

"아바마마, 국정 현안을 어찌 소자에게 하문하시옵니까? 소자 받들기 민망하옵니다."

"아니다. 이 문제는 처음부터 네가 주창한 일이다. 솔직히 상무사가 없었다면 생각조차 못 할 일이었지."

이조판서 이병정이 동조했다.

"전하의 지적대로입니다. 지방 행정 개편은 전적으로 세자 저하께서 제안하신 사업입니다. 그리고 경아전과 경기도 모두 대성공을 거두고 있는 상황이고요."

"그렇다. 이런 성과는 모두의 우려를 불식시킬 정도로 대단한 결과다. 솔직히 과인도 이만큼 잘 추진될 줄 몰랐다. 그래서 과인이 너에게 그에 대한 상을 주려 함이다. 어떻게 내년부터 확대해도 되겠느냐?"

국왕은 지방 행정 개편의 공을 오롯이 세자에게 몰아주려고 하고 있었다. 국왕의 배려에 세자는 더 이상 사양하지 않았다.

"예, 아바마마. 앞으로 추진할 노비 해방과 군정 개혁을 위해서는 계획대로 내년 초 전면적으로 실시해야 하옵니다."

국왕이 탁자를 쳤다.

탁!

"좋아! 네 말대로 하자. 이판."

"예, 전하."

"세자의 제안대로 지방 행정 개혁을 내년부터 전면 시행하라. 그에 따른 준비는 잘하고 있겠지?"

이병정이 자신만만하게 대답했다.

"물론이옵니다. 감사원은 물론 검경이 몇 개월 전부터 준비 작업을 해 오고 있사옵니다. 더불어 수도경비사령부와 여의도 병력을 제외한 중앙군 병력도 파견을 준비하라 했사옵니다."

예상치 못한 설명에 세자가 반문했다.

"중앙군까지 파견한다고요?"

"그렇사옵니다. 경기도를 시범 실시하면서 아전들의 영향력이 의외로 크다는 점에 놀랐사옵니다. 지위를 악용해 토호가 된 자들도 상당하고요."

예조판서 이만수가 거들었다.

"묵과할 수 없는 비리를 저지른 아전들은 예외 없이 파면하고 경찰에 신병을 인도했사옵니다. 그와 더불어 그들의 재산도 몰수했고요."

이 또한 세자가 제안한 처벌 방식이었다.

세자가 적극 동조했다.

"잘하셨습니다. 재산을 몰수하지 않으면 자리에서 쫓겨나

개혁군주

도 그들의 영향력이 줄어들지 않습니다. 아니, 오히려 토호가 되어 두고두고 문제가 될 것입니다. 그런데 파직된 자들이 얼마나 되나요?"

"이방과 호방 대부분이 해당되었습니다. 특히 재물을 다루는 호방은 전부가 악질적인 토착 비리에 연루되어 있었사옵니다."

"병적을 다루는 병방은 어떠하던가요?"

"문제가 된 자들이 꽤 있었으나 중죄를 저지른 자들은 없었습니다."

"의외네요. 군역을 빙자해 비리를 저지르는 자가 많을 줄 알았는데요."

"저희도 그래서 놀랐습니다. 아마도 경기도라는 지역적 특성 때문에 병방의 비리가 적었던 것 같습니다. 그보다는 향교의 교생이나 서원의 원생, 향직이나 향안에 적을 올리는 등으로 군포와 군역을 면제받는 자들이 대거 적발되었습니다. 심지어 서원의 원노를 자청해 군역을 면제받은 자도 있었을 정도입니다."

세자가 씁쓸해했다.

"군역을 면하기 위해 온갖 방법이 동원되었군요."

이조판서의 설명이 이어졌다.

"한양과 가까운 경기도가 이러한데 다른 지역은 더 심할 거로 예상됩니다. 보부상의 협조를 받아 조사한 상황도 그러하고요."

세자도 이런 점은 알고 있었다.

"지방관보다 더 권세를 누리는 아전들도 있다고 하더군요."

"맞습니다. 토호가 된 비리 아전 중 상당수는 노비도 수십, 수백을 거느리고 있습니다. 그런 자들을 사전 통제하기 위해서 팔도에 중앙군의 여단과 연대를 배정했습니다. 그렇게 배정된 병력은 다시 군현마다 소대에서 중대 규모의 병력을 파견할 것이고요."

세자가 고개를 끄덕였다.

"중앙군을 육성한 보람이 있네요. 병력을 파견하겠다는 말씀은 새로운 행정 체계의 시행과 동시에 그들을 일거에 잡아들일 예정이로군요."

"예, 그렇사옵니다."

"비리 근절 효과를 극대화하기에는 괜찮은 방법이네요."

이만수가 찬탄했다.

"대단하시옵니다. 병력 파견의 의미와 효과를 설명해 주지 않아도 정확히 판단하시니 말입니다."

국왕이 흡족해했다.

"역시 세자로구나. 따로 설명하지 않아도 병력 파견 의도를 정확히 알고 있어."

세자가 고개를 숙였다.

"황감하옵니다. 그런데 기왕 병력을 파견할 거라면 좀 더 적극적으로 활용하시옵소서."

"어떻게 말이냐?"

"노비 해방에 대한 홍보를 적극 펼쳤으면 좋겠사옵니다. 그렇게 하면 군에 대한 인식도 좋아지게 되옵니다. 더불어 불온한 움직임을 사전에 차단하는 효과도 거둘 수 있사옵니다."

예조판서 이만수가 적극 동조했다.

"좋은 생각입니다. 파견된 병력이 그런 활동을 하게 되면 백성들도 크게 반길 것입니다."

이어서 다른 두 사람도 동조하자 국왕이 그 자리에서 결정했다.

"그렇게 하라. 중앙군이 대민 활동을 적극적으로 하면 장차 진행될 개혁에도 큰 도움이 될 거다."

세자가 몸을 숙였다.

"소자의 청을 받아 주셔서 황감하옵니다."

"아니다. 중앙군의 위상을 높일 기회를 마련해 준 일이니 오히려 과인이 고맙지."

세자가 이조판서를 바라봤다.

조정에서는 지방 행정조직 개편에 앞서 아전들에 대한 교육을 시행하고 있었다. 이런 교육을 이조에서 담당하고 있었다.

"이판 대감, 아전들의 교육은 어떻게 잘 진행되고 있나요?"

"물론이옵니다. 연말까지는 교육을 모두 마칠 수 있을 것입니다."

"대상자 중 불참자는 없나요?"

"상(喪)을 당하거나 부상을 당하는 등의 정당한 사유가 있는 자를 제외하면 불참자는 한 명도 없었사옵니다."

호조판서 김재찬이 거들었다.

"아전으로선 신분이 상승할 천재일우의 기회입니다. 그런 기회를 누가 마다할 수 있겠사옵니까?"

세자가 질문했다.

"경기도의 사례가 있잖아요. 비리가 많은 아전은 파직되고 재산도 몰수된다는 소문이 났을 텐데요. 그래서 알아서 몸을 사릴 것으로 예상했는데 그러지 않네요."

"아전은 직책이 세습됩니다. 그런 아전들이 도망갈 곳은 어디에도 없습니다. 만일 도주한다고 해도 보부상에 의해 바로 파악될 것이옵니다."

"하긴 보부상의 정보망이 근래 들어 더 촘촘해지기는 했지요. 어쨌든 아전이 토호가 된 게 문제였는데, 아전 비리를 척결하려고 하니 그게 오히려 도움이 되네요."

"허허허! 맞습니다. 아전 출신 토호들의 덩치가 커지다 보니 쉽게 움직이지도 못하게 된 것이지요."

"그런데 가리(假吏)들은 어떻게 처리하시려고 합니까? 그들의 숫자가 아전보다 훨씬 많잖아요. 서원(書員)도 마찬가지고요."

가리는 가향리(假鄕吏)라고도 부르며 아전을 보좌하는 자들이다.

조선의 지방 조직은 조정과 같은 6방으로, 아전들의 숫자는 의외로 많지 않다. 그래서 이들을 보좌하는 자를 선발할 수밖에 없었는데, 이들이 가리다. 가리의 일부는 글을 아는 관노가 임명되기도 했으나 대개 일반 양민이다.

가리는 아전보다 적게는 몇 배에서 열 배 이상 되었다. 특히 가리들도 아전처럼 자신의 자리를 계승시킬 수 있었다.

세자의 지적에 대신들의 안색이 굳어졌다.

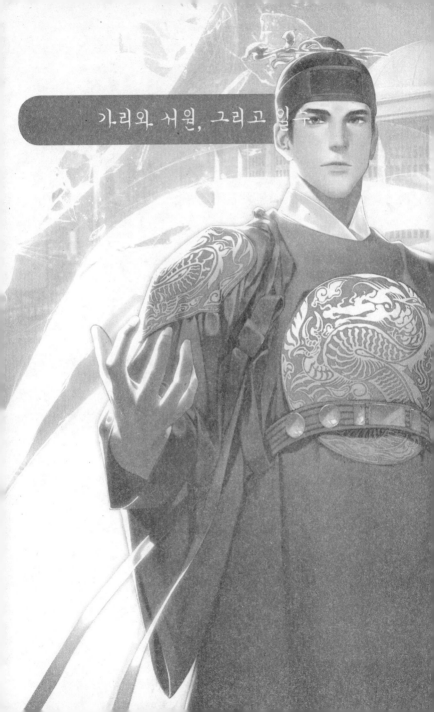

가리와 서원, 그리고 일

이병정이 솔직히 대답했다.

"아직 가리나 서원에 대해서는 교육 계획을 따로 세워 두지는 않았습니다."

예조판서 이만수도 가세했다.

"당장 급한 건 아전들에 대한 처리입니다. 아전들을 먼저 정리하고 나서 가리나 서원을 처리하려고 하옵니다."

세자가 고개를 저었다.

"아쉽네요. 경찰청이 개청되고 공노비가 해방되면서 칠반천역(七般賤役) 중 하나였던 일수(日守)는 그나마 정리가 잘되고 있어요. 그래서 남은 게 가리와 서원인데, 이들을 배제하고서는 진정한 지방행정 개편을 이룩할 수는 없어요."

칠반천역(七般賤役)은 신분은 양민이지만 맡은 일이 천해 천인의 대우를 받는 신분을 통칭한다.

의금부 나장(羅將), 지방관청 일수, 중앙관아 조례(皂隸) 조운창 조졸(漕卒), 역참의 역보(驛保), 수영의 수군(水軍), 봉수대의 봉군(烽軍)이 그들이다.

조선은 지방 조직도 문반과 무반으로 나눈다.

문반은 서원(書員)으로 이조가 관할했으며, 무반은 일수(日守)로 병조가 관할했다. 이런 서원과 일수는 각기 경국대전에 숫자가 명시되어 있었다.

녹봉은 주지 않으면서 숫자만 명시한 것이다.

서원은 그나마 아전을 도우면서 이런저런 뒷돈을 챙겨 먹었다. 그러나 일수는 고을의 잡무를 담당하며 지방관아의 건립과 수리, 수령의 접대와 운송 등 수령의 사병이나 심복으로 종사했다.

그래서 일은 많아 고되었지만 제대로 대우조차 받지 못했다. 심지어 양민이면서도 무과에 응시조차 금지당하는 신분적 차별을 당해 왔다.

이런 일수들은 검찰과 경찰이 창립되면서 대거 자리 이동을 했다. 치안 유지를 위한 방범과 정보 수집을 이들보다 잘할 사람이 없었기 때문이다.

그야말로 상전벽해였다.

천역으로 차별받았던 일수였다.

그런 그들이 지역 방범과 정보 수집 등의 업무를 담당하게 되었다. 더불어 고을 수령과 아전들의 부정부패까지 조사할 수 있게 되면서 완전한 신분 역전이 이뤄진 것이다.

　이런 서원과 일수와는 달리 가리는 숫자도 일정하지 않았다. 관노도 가리가 될 수 있었으며, 아전의 친인척도 상당수 있었다.

　이만수가 대답했다.

　"저희인들 왜 그런 사정을 모르겠사옵니까. 하오나 일에는 경중이 있어서, 우선은 아전을 정리하고서야 추가적인 일을 처리할 수 있사옵니다."

　이병정도 거들었다.

　"경기도를 보더라도 순서대로 해야 하는 게 맞습니다. 가리와 서원과 일수를 합하면 한 고을에 백여 명이 넘습니다. 전국으로 보면 수만 명이고요. 그 많은 인원을 전부 한양으로 불러들여 교육하는 것은 문제가 있사옵니다."

　세자가 고심하다 제안했다.

　"그러면 이렇게 해 보시지요?"

　"어떻게 말입니까?"

　"아전들은 지방 행정조직의 중간 관리자예요. 실질 업무는 서원과 가리, 일수가 담당하고 있는 상황이고요. 그래서 경국대전에서도 부목군현에 맞게 서원과 일수의 숫자를 명시한 것이고요."

이 지적에 모두 고개를 끄덕였다.

"그런 서원과 가리를 제대로 교육해야만 진정한 지방행정 개편을 이룰 수 있어요. 그래서 저는 각도의 감영에 그들을 교육할 교육원을 만들었으면 해요. 경기도는 한양과 가까우니 지금처럼 연수원을 그대로 활용하고요."

국왕이 즉각 동조했다.

"그거 좋은 생각이구나. 지방행정이 개편되면 관찰사가 지방 조직을 관리해야 한다. 그런 의미에서 감영에 교육원을 두는 게 이치에 맞겠다."

이병정도 크게 반겼다.

"신도 좋은 생각인 것 같사옵니다. 연말까지 아전들의 교육이 끝나면 이어서 가리와 서원들도 교육해야 합니다. 그래야 지방 조직 정비를 마칠 수가 있고요. 지방에 교육원을 설립해서 중앙연수원의 교수들을 파견한다면 업무 효율성을 극대화할 수 있겠사옵니다."

이러면서 호조판서 김재정을 돌아봤다.

김재정이 즉시 대답했다.

"교육원 건설 재원은 충분하옵니다. 다만 시기가 가을이어서 내년 초까지 완공을 볼 수 있을지가 걱정이옵니다."

세자가 나섰다.

"그 점은 걱정 마세요. 상무사 건설부를 적극 활용하고 공조의 전설사가 도와주면 몇 개월이면 완공을 볼 수 있어요."

개혁군주

예조판서 이만수가 나섰다.

"교육을 담당할 교수 자원은 우리 예조에서 책임지겠사옵니다."

세자가 지적했다.

"아전들만큼은 아니지만 서원과 가리들의 비리도 상당할 거예요. 그러니 이 문제도 검찰과 경찰을 적극 활용해 철저히 조사해야 해요."

이조판서 이병정이 부탁했다.

"그 문제를 조사하기 위해 보부상 조직을 활용했으면 하옵니다."

"당연히 도와드리겠어요. 아! 이번 기회에 보부상뿐이 아니라 모든 정보조직을 총동원해 드리지요."

"그리만 해 주신다면 비리 조사는 물론, 은결 회수에도 한층 힘을 받을 것이옵니다."

중신과 대화에서 거침없는 세자를 흡족하게 바라보던 국왕이 너털웃음을 터트렸다.

"하하하! 좋구나, 좋아."

이만수가 어리둥절했다.

"무엇이 좋다는 말씀이시옵니까?"

"보라. 우리 세자가 세 중신과의 대화에서 조금도 밀리지 않고 있다. 아니, 대안까지 제시하면서 대화를 이끌어 가고 있지 않느냐. 과인이 이를 보고 어찌 기뻐하지 않겠느냐?"

이병정도 웃으며 동조했다.

"허허허! 옳은 지적이시옵니다. 신 등은 세자 저하와 대화를 나누면서 놀라고 있사옵니다. 지방행정 개편을 가장 처음 제안하신 분도 세자이시옵니다. 경기도 시범 사업도 저하께서 먼저 주창하신 일이고요. 하온데 신들이 처리를 조금 미진하게 하자 바로 대안을 만들어 주셨사옵니다. 이 어찌 놀랍고 대단하지 않겠사옵니까?"

다른 두 대신도 흐뭇한 표정으로 세자를 바라봤다.

그런 시선을 느낀 세자의 얼굴이 붉어졌다.

"여러 대신께서 저의 의견을 사심 없이 들어 주신 덕분이에요. 그러시지 않았다면 어린 제가 어찌 국가 대사를 나누는 자리에서 의견을 낼 수 있었겠어요."

국왕이 정색했다.

"과인이 너를 이런 자리에 오라고 한 건 이유가 있어서다."

세자가 몸을 숙였다.

"세이경청 하겠사옵니다."

"내년부터 지방행정 개편이 시작된다. 그다음 해는 유사 이래 최초인 노비 해방도 단행된다. 그런 다음 해에는 군정 개편이 단행된다. 국가 대사가 앞으로 3년간 연이어 진행된다는 말이다."

국왕의 말에 모두가 긴장했다.

"과인은 앞으로의 개편과 바뀌는 역사의 중심에 네가 당당

개혁군주

히 서 있기를 바란다. 그렇게 해서 과인의 뒤를 이어 보위에 오를 네가 시행착오를 겪지 않게 되었으면 한다. 그리고 그런 국정 개편이 모두 완성되고 나면."

국왕이 세자를 지긋이 바라봤다.

"그토록 바라 왔던 대업을 시작하자. 그리고 그 대업은 바로 네가 추진해야 한다."

국왕이 단언하며 선포했다.

그 말을 들은 세자의 가슴은 더없이 크게 뛰었다.

"아!"

국왕이 세 명의 중신들을 바라봤다.

"경들은 들으라."

"하교하여 주시옵소서."

"몇 년 동안 추진하게 될 개혁이 완결되면 우리는 더 이상 변방의 소국이 아니다. 그런 우리의 남은 과제는 대업의 완수뿐이다. 경들은 여기 있는 세자와 함께 그 대업을 완수하도록 하라."

이만수가 크게 놀랐다.

"전하! 받잡기 황망하옵니다. 대업은 전하께서 추진하셔야지, 어찌 세자 저하를 앞세우려 하시옵니까?"

"아니다. 대업만큼은 반드시 세자가 주도해야 한다. 과인은 그런 세자를 위해 모든 역량을 모아 뒤를 받쳐 줄 것이다. 그러니 경들은 과인의 뜻을 거역하지 말고 혼신을 다해 세자를 받들라."

놀라운 일이 아닐 수 없다.

왕조 국가에서 국왕이 세자를 밀어주라고 한다. 그렇지만 이들은 국왕이 왜 이런 선택을 하려는지 알고 있었다.

국왕은 즉위하면서 사도세자 문제를 거론하지 않겠다고 약속했었다. 그래서 신원을 주장하는 관리나 유생들을 오히려 징계해 왔었다.

그러나 국왕은 늘 부친에 대한 신원을 마음에 담고 살아왔다. 그래서 세자가 열다섯이 되는 해에 보위를 넘겨주고는 상왕이 되어 문제를 직접 해결하려 하고 있었다.

세자가 먼저 나섰다.

"아바마마! 그렇게 하지 않으셔도 되옵니다. 대업을 완수하면 우리 조선은 대국으로 거듭나게 되옵니다. 그리되면 아바마마께서 하시고자 하는 모든 일을 하실 수 있사옵니다."

세자가 칭제건원이란 말을 하지 않고 적당히 돌려서 표현했다. 그런 세자의 말을 국왕은 정확히 알아들었다.

국왕의 용안이 더없이 커졌다.

"그게 가능하겠느냐?"

"당연히 가능하옵니다."

세자가 중신들에게 당부했다.

"지금부터 드리는 말씀은 상무사가 극비리에 추진하고 있는 과업입니다. 그러니 중신들께서는 어떠한 일이 있더라도 비밀을 엄수해 주시기 바랍니다."

세 사람이 동시에 약속했다.

그들의 다짐을 확인한 세자가 설명했다.

"우리 상무사는 지난해부터 청국에 대한 공작을 시작하고 있습니다. 그 일환으로 백련교에서 무기와 군자금을 지원하고 있습니다."

중신들이 화들짝 놀랐다.

이만수가 떨리는 목소리로 확인했다.

"정녕 그게 사실이옵니까?"

"그렇습니다. 자세한 사항은 극비여서 알려 드릴 수가 없습니다. 그러나 화란양행의 도움을 받아 공작을 진행하고 있다는 점은 분명한 사실입니다."

"아! 그래서 청국이 그렇게 고전하고 있는 것이로군요."

"꼭 그런 것만은 아닙니다. 보고를 받아서 아시겠지만, 청국의 팔기제도는 완전히 무너졌습니다. 그래서 한족 병력인 녹영(綠營)이 이를 대신하고 있지만, 이조차도 유명무실해졌고요. 여기에 지방관의 부패는 이루 말할 수가 없고요."

세 명의 중신들은 연신 고개를 끄덕였다. 그들도 상무사가 청국을 오가면서 수집해 온 각종 정보를 수시로 받아 보고 있었다.

세자의 설명이 이어졌다.

"이런 틈을 적절히 파고든 백련교도는 들불처럼 세력을 넓히는 상황이에요. 우리는 이런 상황에 적당히 힘을 보태 주고 있지요."

호조판서 김재찬이 거들었다.

"청국으로선 불난 집에 기름이 끼얹힌 격이 되었겠습니다."

"그렇습니다. 호판 대감의 말씀대로 하나를 주면 몇 배의 효과를 거두는 형국이지요."

국왕은 수시로 상무사로부터 기밀 보고를 받고 있었다. 그래서 무기 지원 사실은 알고 있었다.

"단순히 청국 내전을 확산시키기 위해 백련교에 무기를 지원해 주는 건 아닌 것 같구나?"

이조판서 이병정도 의문에 동조했다.

"혹여 다른 의도를 갖고 계시는 것이옵니까?"

"우선은 우리의 내정이 안정될 때까지 시간을 버는 게 첫째 목적입니다. 앞으로 3~4년은 우리 조선에 무엇보다 중요한 시기니까요."

"몇 년의 시간이 중요한 건 맞습니다. 하오나 그 정도는 군자금을 지원하며 서양 상인과 연결해 주는 정도만으로도 충분히 얻어 낼 수 있사옵니다. 청국도 알게 될 무기를 지원하는 대가치고는 너무 적습니다."

세자는 놀라며 웃었다.

"하하하! 이판 대감께서 이런 말씀을 하실 줄 몰랐습니다. 서양 상인을 청국 내전에 끌어들이겠다는 제안을 하실 줄은 더더욱 몰랐고요."

이병정이 머쓱한 표정을 지었다.

"허허허! 이게 다 상무사의 활약을 보며 개안한 덕분이옵니다."

"좋은 현상입니다. 이판 대감의 지적이 정확하옵니다. 우리가 백련교를 지원하는 두 번째 목적은 대륙의 분할과 영토 획득 때문입니다."

국왕도 중신들도 경악했다.

"아, 아니, 그게 정녕 가능한 일이더냐?"

"예. 지난 몇 년간 저는 백련교의 상황을 철저히 분석해왔습니다. 그래서 내린 결론은 저들을 조금만 도와준다면 충분히 가능하다는 판단이옵니다."

국왕이 대번에 우려했다.

"믿을 수가 없구나. 우리 조선이 어떻게 대륙 분열에 개입할 수 있단 말이더냐? 자칫 모든 불길이 우리에게로 번질 수가 있어."

세자의 설명이 이어졌다.

"조금도 성려하지 마시옵소서. 상무사는 은밀하게 백련교를 지원하고 있고, 그 지원이 유의미한 성과를 거두고 있사옵니다. 청국은 이런 백련교의 확장을 막기 위해 전력을 기울이고 있고요. 조금 전에도 설명해 드렸지만, 청국의 군사 체계는 완전히 무너졌습니다. 그래서 지금은 향용(鄕勇)으로 불리는 의용군에 의지하고 있는 형편입니다."

호조판서 김재찬이 놀라 반문했다.

"그 병력은 어떻게 유지됩니까?"

"향용은 청국 조정의 명령을 받은 지방관이나 지방 유지가 조직한 자위대가 모태입니다. 그러다 보니 지방의 지원금으로만 유지가 되고 있습니다."

"지방 유지도 병력을 보유하게 되었다고요?"

"그렇습니다."

"그러면 향용은 거의 사병이나 마찬가지가 아니옵니까? 그런 사병을 청국이 인정해 주었단 말이옵니까?"

"정규군이 유명무실한 상황이니 청국으로서도 어쩔 수가 없습니다. 그렇게 모집된 병력이 있기에 그나마 백련교를 막아 내고 있고요."

이만수가 어이없어 했다.

"외침을 받은 것도 아닌데 의용병으로 내전을 감당하다니요. 실로 어처구니가 없는 일이 일어나고 있군요."

"그렇습니다. 그래서 우리가 공작을 벌이기 쉬운 겁니다. 청국 조정이 차별하지 않아서 한족들의 반청 사상은 크게 희석되어 있습니다. 그러나 강남에서는 여전히 멸만흥한의 명분이 먹혀 들고 있어서 백련교가 세를 확산하고 있고요."

"반청복명이 아닌 멸만흥한을 기치로 내걸었단 말씀이옵니까?"

"그래요. 명나라를 건국한 주원장이 백련교도였단 사실은 알고 계실 겁니다."

국왕이 거들었다

"맞다. 명의 태조는 탁발승을 하다 백련교도가 되면서 세력을 얻게 되었지. 그러다 명을 건국하자마자 백련교를 혹세무민한다며 철저하게 탄압했었다."

"그렇사옵니다. 그런 과거 때문에 백련교가 거병할 때는 한족 부흥을 기치로 내걸고 있사옵니다. 그래서 처음에는 명나라의 재건을 바라는 강남 사대부들의 외면을 받아 왔었지요. 그러다 대승적 차원에서 반청복명을 받아들이면서 강남 일대에서 세력을 급격히 불리고 있사옵니다."

이만수가 슬쩍 넘겨짚었다.

"그런 상황이 혹시 상무사의 공작 결과이옵니까?"

세자가 웃으며 얼버무렸다.

"하하! 어찌 되었든, 백련교가 강남에서 세력을 불리는 건 우리로선 최선이지요."

호조판서 김재찬이 우려했다.

"강남은 상무사 교역의 중심이옵니다. 그런 강남이 전화에 휩싸이게 되면 교역량이 크게 줄어들게 되지 않겠사옵니까?"

"청국 내전의 주요 격전지는 사천과 호북, 섬서의 산악지대입니다. 그래서 강남은 내전과는 조금 떨어져 있지요. 나중에 내전이 강남까지 격화되면 어떨지 몰라도, 당장은 별문제가 없습니다."

"그렇다면 다행이군요."

호조판서 김재찬이 질문했다.

"저하께서는 상무사 공작으로 대륙 분열과 영토 획득을 꾀한다고 하셨사옵니다. 그중 분열은 설명하셨는데, 영토는 어떻게 획득하시겠다는 것이옵니까?"

"백련교 지도부와 협의를 끝난 사안이에요. 만일 백련교가 건국에 성공한다면 대만 섬을 할양해 주기로 했어요."

"대만 섬이요?"

"예. 복건성에 소속된 섬으로 크기는 경상도보다 조금 큽니다."

이만수의 눈이 더없이 커졌다.

"그렇게 큰 섬을 할양해 준단 말씀이옵니까?"

"그렇습니다."

"아아! 대단하시옵니다. 일의 성사 여부를 떠나서, 저들과 그런 협상을 했다는 게 놀랍습니다."

세자가 싱긋이 웃었다.

"그런 협상에 성공하기 위해서라도 우리는 반드시 개혁에 성공해야겠지요."

이병정이 끼어들었다.

"저하! 백련교가 내란을 일으킨 지 벌써 5년이 넘습니다. 그런 백련교가 지금처럼 청국과 맞서 가며 건국까지 할 수 있겠사옵니까?"

세자가 굳은 표정으로 대답했다.

"그래서 상무사가 지원해 주는 거예요. 만일 백련교가 건국에 실패하더라도 우리의 개혁이 끝날 때까지 지금의 세력은 유지하라고요."

설명을 들은 중신들은 하나같이 심각한 표정으로 생각에 잠겼다. 국왕과 세자는 그런 중신들을 위해 잠시 기다려 주었다.

그러던 국왕이 먼저 입을 열었다.

"연초부터 기술개발청에서 소총을 개량하고 있다는 보고를 받았다. 어떻게 개발은 잘 진척되고 있느냐?"

"소총을 두 가지로 개량하고 있사옵니다. 하나는 지금 사용하는 수석식 소총에 뇌관을 활용한 방식으로 개량하는 것이옵니다. 그리고 다른 하나는 아군의 제식소총이 될 후장식 소총이옵니다."

세자가 두 종류의 소총에 대해 설명했다.

국왕이 크게 놀랐다.

"오오! 그 정도면 개량이 아니라 새로운 발명이라고 해도 과언이 아니겠구나."

"가장 문제가 되는 부분이 뇌관(雷管)을 이루는 뇌홍(雷汞)의 개발이옵니다."

"으음! 어쨌든 그게 만들어지면 대포도 획기적으로 개량이 되겠구나."

"예, 기대하셔도 되옵니다."

"하하하! 우리 세자가 이렇게 장담하는 걸 보니 대단한 물건이 만들어질 것 같구나."

호조판서 김재찬이 궁금해했다.

"언제쯤이면 개량된 총기를 볼 수 있겠사옵니까?"

"2년을 예상하고 개발하고 있사옵니다. 다행히 서양에서 들여온 공작기계가 많아 총기 부품은 미리 만들고 있어요. 그래서 총탄 개발만 완성하면 바로 보급이 가능합니다."

"후년에는 보급이 가능하다는 말씀이군요."

"계획상으로는 그래요."

국왕이 흡족해했다.

"후년이면 시기도 적당하구나."

"예. 군제가 개편되기 전에 중앙군에 보급을 완료하기 위해 총력을 기울이고 있사옵니다."

이만수가 기대감을 숨기지 않았다.

"신형 소총과 대포가 보급되면 군의 전투력이 대폭 상승하겠군요."

"그렇습니다."

다른 대신들도 기대감을 숨기지 않았다. 이들은 서로를 보며 앞으로 전개될 상황에 대해 다양한 의견을 주고받았다.

개혁군주

이날 이후.

국왕은 수시로 세자를 중신들이 있는 자리로 불렀다. 그런 자리에서는 으레 다양한 국정 현안이 논의되었다.

국왕의 배려 덕분에 세자는 국정 현안에 좀 더 많은 의견을 낼 수 있었다.

대신들은 이전부터 세자의 총명함은 알고 있었다. 그러나 직접 현안을 놓고 대화한 경우는 거의 없었다. 그런데 막상 논의를 나눠 보니 놀라지 않을 수 없었다.

열두 살에 불과한 세자의 경륜은 자신들의 상상 이상이었다. 특히 세 가지 국정 현안에 관해서는 누구도 세자의 논리를 넘어서지 못했다.

그렇다고 세자는 자신의 주장을 강력하게 상대에게 주입하지 않았다. 단지 철저한 이론과 상대의 부실한 논리에 대응하며 설득시켰다.

이런 일이 지속되면서 조정에서 세자를 바라보는 시각은 크게 달라졌다. 그러면서 그러한 자리를 마련한 국왕에 대한 경외심도 배가되었다.

권력은 부자도 나누지 않는다.

이러한 통설을 국왕이 깨 버린 것이다. 국왕은 일부러 자리를 만들어 세자를 국정의 중심으로 유도하고 있었다.

세자도 이런 국왕의 배려에 적극 호응했다. 그 바람에 조선 조정은 그 어느 때보다 일치단결해서 국정 개혁을 과감히 추진할 수 있었다.

그러나 전부가 그런 것은 아니었다.

개혁군주

의외의 인물

　명이 있으면 암이 있기 마련이다.

　조정이 합심해 개혁을 추진하며 큰 성과를 거두고 있었다. 그러나 이런 대세에 동참하지 못하는 사람도 분명 있었다.

　국왕은 지난해 오회연교를 통해 정파 배격을 천명했다. 그러다 정신을 잃었다가 깨어나서는 유력 인사들을 일대일 대면하며 설득했다.

　그 결과 조정에서는 과거와 같은 당파를 우선하는 행태가 급격히 사라졌다. 물론 정쟁이 없어진 건 아니지만 반대를 위한 반대는 거의 사라졌다.

　이런 시류에서 밀려난 인물들은 전전긍긍했다. 이런 인물들은 대개 각 정파의 강성 인물들이었다.

조정에서 정파 색이 옅어지면서 이들의 설 자리가 없어졌다. 그런 사람 중 하나가 김관주다.

그는 국왕이 정신을 잃은 상황을 절호의 기회로 생각했었다. 그래서 왕대비를 앞세우며 며칠 동안 북촌을 샅샅이 훑으며 세력을 결집했다.

그러나 이런 노력은 국왕이 깨어나면서 만사휴의(萬事休矣)가 되었다.

그는 특히 심환지의 변심이 너무도 안타까웠다. 그러나 보는 눈이 많아 감히 심환지를 찾아가 따질 수도 없었다.

더구나 국왕이 자신의 행보를 알고 있는 것 같아 벼슬도 사양하며 은인자중했다. 그만큼 심리적 압박감은 대단했다.

그러나 사정은 나아지지 않았다. 아니, 나아지기는커녕 내년부터는 지방 조직이 전면 개편되며 행정 체계도 조정으로 집결하게 되었다.

이전과는 비교할 수 없을 정도로 행정이 투명해지게 되었다. 그리되면 조금의 일탈도 바로 찍혀 나게 되어 있었다.

해가 뜨기 전이 제일 어둡다.

뭔가를 도모하려면 지금 이외에는 기회가 없다. 그래서 얼마 전부터 은밀히 움직이며 사람을 만나고 있었다.

그런데 세상이 변했다. 이전과 달리 동조하는 사람들이 급격히 줄어들었다. 동조한다고 해도 절대 나서려 하지 않았다.

낙심한 그는 거의 매일 술을 마셨다.

이날도 사랑에서 술을 마시고 있을 때였다.

"주인어른, 부원군 대감댁 서방님 오셨사옵니다."

부원군 대감댁 서방은 왕대비의 친동생인 김인주를 말함이었다.

모처럼 동생이 찾아왔다는 말에 목소리가 높아졌다.

"들라 하게."

김인주가 사랑으로 들어가니 김관주는 이미 술을 상당히 마신 상태였다.

김인주가 자리에 앉으며 술병을 들어서 따랐다.

"형님, 초저녁부터 술이 과하십니다. 무슨 속상한 일이라도 있는 것입니까?"

김관주가 받은 잔을 단숨에 비웠다.

"후! 일이 이렇게 될 줄 몰랐어. 사람들 인심이 이전하고는 너무도 달라졌어."

그러고는 잔을 건네고는 술을 따랐다.

김인주도 그 잔을 단숨에 비우며 위로했다.

"너무 아쉬워 마세요. 주상 전하와 세자가 합심해서 개혁을 추진하고 있어요. 그런 상황에서 우리가 무엇을 쉽게 도모하겠습니까?"

"그렇다고 무작정 넋을 놓고 있을 수는 없어. 아우도 알겠지만, 지금의 상황은 지난해보다 더 최악이야."

이때 하인이 술잔과 안주를 갖고 들어왔다.

김관주는 그 모습을 바라보며 한 소리 했다.

"이 돌쇠 아범은 몇 대를 우리 집의 가솔로 있어 왔다. 그런 돌쇠 아범도 후년에 노비 해방이 되면 뒤도 돌아보지 않고 집을 나갈 거야."

하인이 당황해하며 몸을 숙였다.

"아니옵니다. 소인은 언제까지라도 주인어른을 모시고 살 것이옵니다."

"그래? 그렇다면 자네 처인 돌쇠 어멈과 돌쇠가 끝까지 노비가 되어도 괜찮다는 거냐?"

"그, 그건……."

돌쇠 아범이 당황해서 말을 잇지 못했다.

그 모습을 본 김관주가 손을 저으며 소리쳤다.

"당장 나가! 지키지도 못할 약속을 하면서 주인을 능멸하는 놈은 꼴도 보기 싫어!"

돌쇠 아범이 바로 무릎을 꿇었다.

"송구하옵니다. 소인은 언제까지라도 주인 나리를 모실 것이옵니다. 하오나 자식에게까지 천형을 물려줄 수는 없지 않겠사옵니까?"

김인주가 혀를 찼다.

"쯧쯧! 되었으니 그만하고 나가 보도록 하게."

그러나 돌쇠 아범이 물러가지 않았다.

그런 돌쇠 아범을 노려보던 김관주가 호통쳤다.

"당장 나가! 그리고 그따위 입에 발린 말을 두 번 다시 입에 올리지도 말아!"

"송구하옵니다, 주인 나리."

돌쇠 아범은 고개도 들지 못하고 뒷걸음으로 방을 나갔다. 그 모습을 본 김인주가 나무랐다.

"형님, 너무 심하셨어요. 돌쇠 아범은 대를 이어 충성을 다해 왔습니다. 그런 돌쇠 아범이 끝까지 충성을 다하겠다는데 왜 그렇게 화를 내십니까?"

김관주가 거칠게 고개를 저었다.

"아우는 모르는 소리야. 이전에는 나에게 감히 저런 말조차도 못 했어. 그런데 노비 해방이 결정되고부터는 심심찮게 반항하고 있어. 그렇다고 멍석말이를 할 수도 없고."

김인주가 펄쩍 뛰었다.

"멍석말이라니요. 빈말이라도 그리하지 마십시오. 주상 전하께서도 반역과 기군망상을 제외한 모든 형률을 법원과 검경에 넘긴 상황입니다. 그런 상황에서 법이 엄금한 사형(私刑)을 시행하다니요. 그 사실이 알려지게 되면 당장 큰일 납니다. 더구나 주상께서 사사로운 처벌을 엄단한다는 윤음을 몇 번이나 내리셨잖습니까."

김관주가 단숨에 잔을 비웠다.

"나도 그걸 왜 모르겠나. 하는 꼴들이 하나같이 마음에 들지 않아서 그렇지. 요사이 배은망덕한 노비들이 많아지고 있다는 건 자네도 알고 있잖아."

김인주가 다독였다.

"너무 마음 쓰지 마십시오. 어차피 풀어 줄 자들이옵니다. 그런 자들을 상대하며 감정을 낭비할 필요는 없사옵니다."

"이 모두가 조정이 잘못한 탓이야. 신분제도는 수천 년을 내려온 우리 고유의 미풍양속이다. 그런 제도를 무너트리겠다는데도 누구도 강력히 나서서 반대하지 않아. 아니, 못하고 있어."

"그게 다 상무사가 속량을 책임지겠다고 나선 것 때문이 아니겠사옵니까? 솔직히 외거노비들을 많이 거느린 가문에서는 노비 해방이 꼭 나쁘다고 볼 수는 없지요."

"왜 나쁘지 않아, 당장 해마다 거둬들이는 면포가 없어지는데?"

"의외로 피해가 적습니다. 속량으로 받은 금전을 은행에 예탁하면 받게 되는 이식(利息)이 기존에 받는 면포와 거의 비슷하잖아요."

이식은 이자를 말한다.

노비 속량 비용을 상무사가 한꺼번에 감당하는 것은 문제가 있었다. 더구나 갑자기 많은 돈이 풀리면 물가 폭등도 문제가 된다.

세자는 그래서 대안을 제시했다. 속량 비용을 은행에 예탁해 순차적으로 찾아가게 한 것이다.

이 대안이 절묘했다.

조선은 이자율이 높았다. 시중에 통용되는 이자율이 무려 5할이나 되었다. 특히 춘궁기에 쌀을 빌리면 가을에는 몇 배의 이자를 물어야 할 정도로 고리다.

그래서 몇 차례나 고율의 이자를 금지하는 '이식제한령'이 선포되기도 했다. 그러나 이러한 조치는 잠깐의 효력뿐이었다.

이자가 높은 까닭은 통용되는 화폐의 양이 너무 적었기 때문이다. 양반과 부호들이 화폐를 유통이 아닌 저장 수단으로 삼은 까닭이었다.

이러던 상황이 상무사로 인해 바뀌었다. 상무사가 벌어들이는 막대한 자금과 공장이 들어서면서 경제가 급격히 활성화되었다.

돈이 돌기 시작한 것이다.

지금까지 일반 백성들은 돈을 구할 길이 별로 없었다. 그 바람에 어쩔 수 없이 고리의 사채를 쓰면서 늘 빚에 허덕여 왔다.

그러나 사정이 달라졌다.

공장이 돌아가고 전국에 많은 건물과 여러 시설물이 지어지면서 인부 수요가 폭증했다. 이런 자리를 어려운 형편의 사람들이 대거 모이면서 급전에 대한 수요가 크게 준 것이다.

여기에 조선은행이 설립되면서 자연스럽게 이자율도 낮아졌다. 그런데 속량에 대한 이자는 기존의 은행 금리보다 높게 책정된다고 한다.

김관주가 버럭 화를 냈다.

"그게 다 조삼모사야. 처음에는 민심을 의식해 조금 높게 주겠지. 그러다 시간이 지나면서 이식은 당연히 낮아지게 되어 있어. 그러면 결국 은행에 돈을 맡기면 손해를 보게 되어 있어."

"형님, 그 문제는 꼭 그런 식으로 나쁘게 생각할 필요는 없습니다. 세자가 이식을 최소 5년은 보장해 준다고 하였습니다."

김관주가 손을 저었다.

"그 말은 그만하게. 말이 길어지면 공연히 그 일 때문에 자네와 내가 의만 상할 수 있어."

"알겠습니다."

"그나저나 오늘은 어인 일인가?"

김인주의 목소리가 낮아졌다.

"오늘 우리 집에 의외의 인물이 찾아왔사옵니다."

"의외의 인물?"

"그렇습니다. 형님, 20여 년 전 국왕이 역모를 이유로 가문을 아예 절단 냈던 무반의 명문을 기억하십니까?"

"무반의 명문?"

김관주의 안색이 변했다.

"아! 그래. 능성 구씨. 전 훈련대장 구선복의 집안을 말함이더냐?"

"그렇습니다."

김관주가 크게 아쉬워했다.

"당연히 기억하고말고. 우리 벽파가 지금처럼 무력하게

된 시작이 군권을 장악하고 있던 구 대장이 사사되면서부터야. 만일 구 대장이 역모에 연루되지 않았다면 국왕이 지금처럼 군권을 장악할 수 없었어. 그랬다면 우리 벽파가 이토록 지리멸렬하지도 않았을 거야."

"그렇기는 합니다만 이미 지난 일입니다. 이제 와서 아쉬워하면 무엇하겠습니까?"

"후! 그렇기는 하지. 그런데 그 집안은 왜?"

김인주가 대답했다.

"오늘 그 집안의 후손이라고 하는 자가 저를 찾아왔습니다. 그것도 구 대장의 서자가요."

김관주가 크게 놀랐다.

"그게 정말이더냐? 당시 그의 집안은 관련자는 사사되고 가문은 연좌를 당해 모조리 노비가 되면서 멸문되었어."

"예. 저도 그런 줄 알았는데 한 명이 용케 화를 피해 살아 있었다고 합니다."

김관주가 고개를 갸웃했다.

"그럴 리가 없는데……. 구선복은 사도세자가 갇혀 죽은 뒤주를 갖고 온 사람이야. 누구도 꺼렸었는데도 왕명이라며 가져왔었지. 거기다 뒤주 옆에서 술과 음식을 먹으면서 사도세자를 능멸했는데, 그걸 당시 세손이었던 주상이 목격했었다. 그래서 주상이 절치부심해 오다, 역모에 연루되자 그의 가문 모두를 단칼에 찍어 냈었어. 그때 주상의 서슬이 얼마나 시퍼랬었는데, 조정이 뒷정리를 허술히 다뤘을 리가 없어."

"저도 그게 의문이었습니다. 그러나 구선복은 무종으로 불릴 정도로 무소불위하지 않았습니까? 주상도 어찌할 수 없을 정도로요. 그런 사람이었으니 얼마나 접대를 많이 받았겠습니까. 그러다 어디선가 씨를 뿌렸겠지요."

김관주는 여전히 부정적이었다.

"어쨌든 그건 차차 확인해 보면 알 터이고. 그런데 숨어 지내고 있어야 할 자가 왜 자네를 찾아왔다고 하던가?"

"자신을 도와 달라고 했습니다. 이대로 세상을 끝내기 너무 억울하다면서요."

"억울해?"

"예, 형님."

"흐음!"

김관주는 당장 뭐라 답을 할 수 없었다.

그러다 문득 궁금한 점이 몇 개 있었다.

"그자의 이름과 나이가 얼마나 되던가?"

"이름은 구장겸이라 했습니다. 올해 스물둘이고, 구 대장이 변을 당했을 때는 다섯 살이었답니다."

"지금까지 어떻게 살아왔다고 하던가?"

"모친이 기생이어서 변이 일어날 당시 따로 살고 있었다고 합니다. 그러다 일이 터지자 노복에 업혀 피신했고 지금까지 북한산에 있는 작은 절에서 지내 왔었다고 합니다."

"중이 되었다는 말이냐?"

"아닙니다. 머리는 깎지 않고 불목하니로 지내 왔었다고 합니다. 다행히 절의 고승으로부터 문자는 배웠고요. 그러다 얼마 전 자신을 도와주고 있던 노복이 죽으면서 신세를 알게 되었다고 합니다."

설명을 들었음에도 김관주는 말없이 몇 번을 자음 자작했다. 그런 그를 바라보던 김인주가 슬쩍 권했다.

"형님, 그를 한번 만나 보기나 하시지요."

"뭐 하러? 지금 같은 시국에 그런 자를 구태여 만나 볼 필요가 없잖아."

"꼭 그렇지 않습니다."

"그렇지가 않아?"

"예, 그자는 구 대장의 피를 이어받아서인지, 풍기는 기세가 범인과는 사뭇 달랐습니다. 당장은 쓰임새가 없을지 몰라도 적당히 연을 달아 두고 있다 보면 분명 도움이 될 수 있을 것이옵니다."

김관주가 천천히 고개를 끄덕였다.

"나중을 생각하자?"

"예. 우리 주변에 힘을 쓸 수 있는 자가 아무도 없지 않습니까?"

"으음! 좋다. 네 말대로 하자."

"잘 결정하셨습니다."

"그러나 우리 집은 보는 눈이 많으니 만날 장소는 따로 정하는 게 좋겠다."

"염려 마십시오. 그자는 마침 우리가 자주 찾던 광통방(廣通坊) 기방에서 일을 도와주며 머무르고 있다고 했습니다. 거기를 찾아가서 은밀히 만나면 됩니다."

김관주가 크게 고개를 끄덕였다.

"좋아. 그러면 거기서 만나 보자."

"잘 생각하셨습니다."

김인주는 이날 통금이 다 되어서야 집으로 돌아왔다.

이 만남은 곧바로 세자에게 보고되었다.

"한동안 은인자중하던 두 사람이 만났네요."

이원수가 대답했다.

"그러게 말입니다. 왕대비 마마의 가문이어서 공연히 신경이 쓰입니다. 지난해 주상 전하께서 쓰러지셨을 때도 불온한 움직임이 감지된 적이 있었지 않았습니까?"

세자도 찜찜한 느낌이 들었다.

"그러게요. 뭔가 느낌이 좋지 않네요."

이때, 김 내관이 들어왔다.

"저하! 상무사의 변수종 단장이 귀환했사옵니다."

"오! 어서 들라 하라."

변수종은 마리아나제도 매각 협상을 담당했었다. 그런 그는 세자의 특명으로 개척단장을 맡았다.

변수종이 방으로 들어와 몸을 숙였다.

"저하, 그간 강녕하셨사옵니까?"

"어서 오세요. 먼 길을 다녀오느라 고생이 많았어요. 어떻게 항해 중에 문제는 없었나요?"

"예, 저하의 성려 덕분에 개척단 전부 무사히 도착했사옵니다."

"유생들은요?"

"예. 소인과 함께 무탈하게 돌아왔사옵니다."

"다행이네요. 이번에는 통조림 공장 설비가 들어가지요?"

"그러하옵니다. 벽돌 공장 설비는 지난번에 가져다 놓아서 이번에는 통조림 공장 설립에 필요한 설비와 각종 장비를 수송할 것이옵니다."

"괌의 스페인 사람들과는 접촉이 있었습니까?"

"없었습니다."

"수송 함대 전부 돌아온 것인가요."

"아닙니다. 저와 함께 귀환한 배는 한 척이옵니다. 남은 두 척은 교대로 저하의 명에 따라 주변 지역 탐험을 시작했사옵니다."

"오! 그렇군요. 탐험은 지시한 대로 진행하라고 했겠지요?"

변수종이 주저 없이 대답했다.

"예, 저하. 탐험을 하다 섬이 발견되면 가장 먼저 주변을 조사하라 했사옵니다. 그러면서 실측을 하고는 섬을 둘러보고서 이름을 붙여 가져온 비석을 세우라고 지시했사옵니다."

"잘했네요. 비석도 규정대로 기록을 하라고 했겠지요?"

"물론이옵니다. 비석은 정음과 영문으로 새기라고 했사옵니다. 그리고 도착한 날짜는 특히 서양 일력과 본국 일력에 맞춰 새겨 넣고 반드시 기록화도 남기도록 했사옵니다."

세자가 흡족한 표정을 지었다.

"지시를 아주 잘했네요."

"황감하옵니다."

이원수가 궁금해했다.

"저하께서 그런 지시를 내리신 까닭이 있겠지요?"

"이번에 매입한 제도의 북쪽에는 수십여 개의 섬이 산재해 있을 거예요. 그 섬은 일본도 서양도 알고 있지만, 아직까지는 누구도 자국 영토로 선포한 적이 없어요."

"아! 그렇습니까?"

"예. 섬들이 별로 크지 않아 전부가 무인도일 거예요. 하지만 지정학적으로 중요한 곳에 자리해 있어서, 우리가 선점한다면 해양 영토 확보에 큰 도움이 될 거예요."

"수산물 획득에도 도움이 되겠군요."

"물론이지요. 그 섬들을 확보한다면 그 일대가 전부 우리 조선의 바다가 돼요. 과거였다면 먼바다는 쓸모없었지만, 지금은 통조림을 만들 수도 있어서 식생활 개선에도 큰 도움이 될 거예요."

변수종이 거들었다.

"저는 본토로 돌아오느라 섬에 며칠 머물지 않았습니다. 그 며칠 동안 어부들이 주변 바다에서 잡은 고기의 양은 엄청났습니다. 어종도 다양했고요. 우리 바다에도 고기가 많이 잡히지만, 거기와는 비교가 되지 않사옵니다."

세자가 주의를 주었다.

"비가 많이 오는 지역이니 개척민들 건강에 특별히 신경 써야 합니다. 아울러 풍토병도 조심해야 하고요."

"무조건 물은 끓여서 먹고 있사옵니다. 공장이나 집을 지을 때도 건강을 고려해 배수 시설에 특별히 신경을 쓰고 있고요."

변수종은 모범 답안처럼 대답했다.

그런 모습에 이원수가 웃으며 질문했다.

"변 단장께서는 저하의 지시 사항을 철두철미하게 지키고 계시네요."

"그야 당연한 일이지요. 솔직히 우리 중 누구도 대양영토에 대한 경험이 없는 상황입니다. 만일 세자 저하께서 마련하신 규범이 없었다면 아마도 상당히 고전했을 겁니다."

세자가 고개를 저었다.

"해외 개척 규범을 제안한 건 내가 맞아요. 허나 그 규범은 그동안 대외 교역을 주도해 온 오 부대표와 상무사 직원들이 합심한 결과예요."

"하오나 그렇게 만든 규범을 최종 검수한 분은 저하가 아니옵니까?"

"그렇기는 하지요."

"솔직히 저희는 규범이 얼마나 현실에 적용될지 의문이 많았습니다. 그런데 현장에 도착하고 보니 너무도 유용했사옵니다. 마치 경험을 한 사람이 만든 것처럼 말입니다."

세자는 내심 찔끔했다. 세자가 검수한 교범에는 지금 사람들이 알 수 없는 이전 지식이 상당히 들어 있었다. 그래서 개척단의 활동에 많은 도움이 되고 있었다.

세자가 웃었다.

"하하하! 그것 보세요. 상무사 직원의 경험이 중요하잖아요. 내가 아무리 지식이 많다고 해도 해외를 직접 나가 본 적은 없어요."

"그건 그렇습니다."

"어쨌든 개척 교범이 도움이 된다고 하니 다행이네요."

"그런데 교범에 나온 요새 건설은 서양 방식이라고 하던데 맞습니까?"

"그래요. 내가 화란양행에 부탁해 입수한 성형(星形) 요새 건축술이에요."

변수종이 바로 알아들었다.

"성형 요새라는 명칭은 요새 형태가 별 모양으로 되어 있다고 해서 지어진 것이더군요."

*개혁군주*

"그렇지요. 성형 요새는 포병 공격에 효과적으로 대응하기 위해 발전된 형태예요. 성벽이 삼중 성형 구조여서 적의 공격을 단계적으로 방어할 수 있으며, 아군이 공격할 때는 사각이 없어져요. 그래서 이번에 처음 도입하게 된 거예요."

"그렇지 않아도 동행했던 공병 장교들이 놀라워했습니다. 성벽이 삼중 성형 구조인 것도 놀라운데 벽돌로 축성하는 방식이어서 적의 포격에 효과적으로 대처할 수 있겠다고 했사옵니다."

"도면을 정확히 숙지했네요. 성벽은 화성 축성에 사용된 방식으로 바깥은 벽돌로, 내부는 흙과 자갈을 채운 형태여서 서양 방식보다 더 견고해요."

이원수가 제안했다.

"그 정도로 방어에 뛰어난 요새라면 본국에도 적극 도입하면 좋지 않겠사옵니까?"

세자가 고개를 저었다.

"성형 요새는 평지 지형에 적합해서 산악 지형은 큰 효과를 거두기 어려워요."

"아! 그러면 나중에는 도움이 될 수 있겠습니다."

"그렇지요. 나중에는 분명 도움이 될 거예요."

이원수는 나중이 언제인지 말하지 않았다.

그럼에도 세자나 변수종은 그때가 언제인지 바로 알아들었다. 그렇게 세 사람은 나중을 생각하며 각자의 생각에 빠져들었다.

그리고 이틀 후.

김관주와 김인주가 광통방 기방을 찾았다. 미리 기별을 넣은 덕분에 기생어미가 대기하고 있다 나는 듯 절을 했다.

"어서 오십시오, 영감."

김관주가 아는 척을 했다.

"그간 잘 있었나?"

기생어미가 앓은 소리를 냈다.

"아이고! 영감께서 찾아 주시지 않는데 쉰네가 잘 지낼 턱이 있겠사옵니까?"

"허허! 내 너를 위해서라도 자주 들러야겠구나."

"별말씀을 다 하시옵니다. 저보다 아이들을 보러 자주 들러 주시옵소서."

"그래, 참고하마."

"안으로 드시지요, 영감."

"그러자. 어험!"

두 사람이 거침없이 안으로 들어갔다.

다음 권으로 이어집니다

개혁군주

# 만렙닥터 리턴즈

13월생 현대 판타지 장편소설

인생 2회 차 경력직 신입
칼솜씨도, 인성도 '만렙'인 의사가 돌아왔다!

만성 인력난에 시달리는 흉부외과에 들어온 인턴
메스도 잡아 본 적 없는 주제에
죽을 생명을 여럿 살려 내기 시작한다?

"이 새끼, 꼴통 맞네."
"죄송합니다."
"잘했어!"
"네?"

출세만을 좇으며 살았던 전생
이렇게 된 이상 인생도 재수술 한번 가자!

무대뽀(?) 정신으로 무장한 회귀 의사
이제부터 모든 상황은 내가 집도한다!

# 南魔宮帝 남궁마제

문운도 신무협 장편소설

회귀한 뇌왕, 가족을 지키기 위해
정파의 중심에서 제대로 흑화하다!

세상을 뒤집으려는 귀천성에 맞서 싸우다
가족을 모두 잃고 제물로 바쳐진 뇌왕 남궁진화
마지막 순간 원수의 뒤통수를 치고 죽으려 했으나
제물을 바치는 진법이 뒤틀리며 과거로 회귀하다!?

남궁세가의 양자가 된 어린 시절로 돌아온 후
귀천성이 노리는 자신의 체질을 연구하다 기연을 얻고
회귀 전과 다른 엄청난 미모와 함께
뇌전의 비밀마저 알아내 경지를 뛰어넘는데……

가족들에게는 꽃처럼 사랑스러운 막내지만
적이라면 일단 패고 보는 패악질의 끝판왕!
귀천성 때려잡기에 나서다!